# THE MYSTERY I

## 미지의 공포

**철멍뭉(장철훈)**

구독자 45만 명, 조회수 2억 5,000만 회의 유튜브 채널 '철멍뭉'을 운영하며 미스터리, 기묘하고 무서운 사건·사고, 괴담을 소개한다. 가볍게 보기 좋은 이야기부터 온몸에 소름 돋는 이야기까지, 무서운 걸 좋아하지만 심장은 약한 사람들을 위한 콘텐츠를 제작하고 있다. 세상엔 아직 당신이 모르는 재미있고 으스스한 이야기들이 잔뜩 숨어있다. 철멍뭉은 그런 모두에게 흥미로울 이야기를 찾아다닌다.

유튜브 | www.youtube.com/@mungmoong2

# THE MYSTERY I

## 더 미스터리 1 : 미지의 공포

---

**초판 1쇄 발행** 2023년 12월 31일

지 은 이  철멍뭉(장철훈)
펴 낸 이  김동하

펴 낸 곳  부커
출판신고  2015년 1월 14일 제2016-000120호
주    소  (10881) 경기도 파주시 산남로 5-86
문    의  (070) 7853-8600
팩    스  (02) 6020-8601
이 메 일  books-garden1@naver.com
인스타그램  www.instagram.com/thebooks.garden
포 스 트  post.naver.com/books-garden1

**ISBN** 979-11-6416-186-7 (03810)

# 차 례

테루테루보즈
괴담

테루테루보즈
괴담

테루테루보즈는 일본의 민간 신앙 중 하나로 비가 오는 것을 멈추기 위해 처마 밑에 걸어두는 인형이다. 실제로 일본에서는 지금도 비가 올 것 같으면 테루테루보즈를 만들어 창문에 걸어두는 가정이 많다고 하는데, 귀여운 생김새의 테루테루보즈는 선물하기에도 안성맞춤인 인형이다. 하지만 이 인형을 처마 밑에 매달아 둔 모습을 보면 귀엽다는 말이 나오지 않을 거다. 마치 사람이 목을 매단 것처럼 보이기 때문이다.

깜찍한 외모와는 반대로 목을 매단 기괴한 모습에는 다 이유가 있다. 테루테루보즈의 어원을 보면 알 수 있는데 테루는 "날씨가 개다"라는 뜻이고, 보즈는 스님을 낮잡아 표현하는 "중놈"을 뜻한다. 대체 왜 하필 보즈라는 좋지 않은 단어가 사용된 것일까? 이와 관련해 전해 내려오는 설화가 있다.

아주 먼 옛날, 일본. 한 시골 마을은 극심한 장마로 인해 마을 농민들의 농사가 망칠 위기에 처해있었다. 하지만 며칠이 지나도 비는 그칠 줄을 몰랐기 때문에 사람들의 근심 걱정만 쌓여갔다. 그러던 어느 날, 마을에 한 스님이 나타나 이렇게 말했다.

"하늘에 구멍이 난 것마냥 비가 그칠 줄 모르고 오네요. 여러분은 아직도 왜 그러는지 정말 모르는 건가요? 이유는 간단합니다. 최근 여러분이 부처님에게 정성을 보이지 않아 그렇지요. 부처님이 여러분을 외면한 겁니다.

믿었던 마을 사람들은 결국 참다못해 스님을 찾아가 끌고오게 된다. 이때 스님은 이미 자기의 죽음을 예상한 듯한 모습이었다. 한 농민이 스님에게 말했다.

"야…야. 이 썩어 죽을 중놈아! 다 네가 시키는 대로 마을의 곡식, 아니 옆 마을의 곡식까지 다 바쳤는데, 비가 더 많이 내리는 건 어떻게 된 거야?"

그러자 스님이 말했다.

"제가 말한 건 전부 사실이오나 당신들의 염원이 부처님에게 닿지 않았으니 그 결과가 안타깝긴 하지만 나는 죄가 없소. 다만, 지금 당신들이 나를 죽인다 해도 부처님의 심기만 불편하게 만들 뿐이오. 당신들이 나를 죽인다면 부처님께서 이 마을에 살아 숨 쉬는 생명

그분의 보살핌을 받고 싶다면 지금 당장 집안에 있는 모든 곡식을 부처님께 시주하고 공양을 올리시오. 딱 한 번만 해서는 안 되며 일주일이 넘는 시간 동안 밤낮으로 정성스레 하셔야 합니다."

마을 사람들은 장마로 인해 한 해 농사를 망치기 직전이었다. 그래서 사람들은 스님의 말대로 자신들의 곡식을 다 끌어모아 부처님께 시주하였다. 심지어 옆 마을에서 곡식까지 빌려왔다. 일주일 동안 마을 사람들은 전부 모여 제발 비가 그쳐주길, 우리를 보살펴주시길 밤낮으로 정성스럽게 기도하고 기도했다. 하지만 비는 멈추지 않았고, 공양을 올리기 전보다 더 많이 오기 시작했다. 스님의 말을

모든 것들을 말라비틀어지는 벌을 내릴 것이오."

이 말을 들은 마을 사람들은 떳떳한 스님의 태도에 화만 솟구쳤다. 한 농부가 스님을 향해 소리쳤다.

"저 사이비가 하는 말은 들을 필요도 없어. 그냥 이 중놈을 나무에 목을 매달아 죽여버립시다!"

그렇게 마을 사람들은 스님을 마을에서 제일 큰 나무에 목을 매달아 죽여버렸고, 스님이 죽자 거짓말처럼 멈출 줄 모르던 비가 멈췄다. 마을 사람들은 지긋지긋했던 비가 그치자 기뻐했지만, 그 기쁨은 오래가지 못했다. 그 후로 이내 극심한 가뭄이 마을을 덮쳤다. 농작물과 땅이 마르기 시작했고, 그 마을은 더 이상 생명이 살 수 없는 땅이 되었다고 한다.

바로 스님이 나무에 매달려 죽은 모습을 본 뜬 것이 테루테루보즈라는 설화가 있다. 만약 테루테루보즈를 거꾸로 매달 경우 후레후레

보즈나 아메아메보즈라고 부르는데, 이때 후레는 비나 눈이 내리는 것을 뜻하며 아메는 비를 뜻한다. 따라서 이 경우에는 반대로 비나 눈이 내린다고 한다. 그저 미신처럼 보이는 테루테루보즈. 의외로 날씨를 잘 맞춰 기상청의 역할을 톡톡히 수행한다고 한다. 어떻게 날씨를 맞출 수 있는 것일까? 날씨가 습해지면 머리 부분이 습기를 머금게 되어 머리가 아래로 내려가 뒤집혀 비가 온다는 것을 미리 알 수 있다고 하는데, 다만 그 정도로 날씨가 습해진다면 굳이 테루테루보즈가 없어도 비가 올 것을 누구나 예측할 수 있다.

그럼 다시 괴담으로 돌아와서 일본엔 테루테루를 주제로 한 동요가 존재하는데, 이 노래는 다이쇼 시대에 만들어진 동요로 마지막 가사가 상당히 끔찍하다.

> 테루테루보즈야 테루보즈야
> 내일 날씨가 맑게 해다오
> 만약 날씨가 흐려서 비가 온다면
> 그대의 목을 싹둑 하고 자를테다

아이들이 따라 부르는 동요에 삽입된 꽤 꺼림직한 가사. 사실 이 가사는 1923년 소설가이자 작사가인 아사하라 로쿠로가 추가한 가사이다. 이 노래를 들은 아사하라의 지인들은 아사하라에게 어린아이를 위한 동요인데 왜 이렇게 잔인한 가사를 넣었냐고 물어보자, 아사하라는 이렇게 대답했다고 한다.

"어린아이들은 아무 생각 없이 잠자리를 잡아 목을 따고, 매미의 날개를 뜯고, 개구리를 괴롭히고, 뭐 그런 끔찍한 짓을 하니까 상관없잖아?"

# 프레스노 나이트크롤러

2014년 12월 12일 미국 캘리포니아 프레스노 지역, 올해로 60세가 된 전직 해병인 한 남성과 그의 아내가 차를 타고 도로를 달리고 있었다. 그때 창밖으로 이상한 생명체를 포착했다. 그의 말에 따르면, 어두운 밤 차를 타고 도로를 달리던 중 카르멜이란 교회 앞에서 커브를 도는데, 온몸이 하얀 외계인이 도로를 가로지르며 건너고 있는 것을 보았다고 한다. 그 하얀 외계인은 그러곤 옆에 있던 숲속으로 걸어갔다. 그 하얀 생명체의 생김새는 상반신이 없어 마치 발부터 허리까지만 남겨진 시체가 걷는 듯해 보였고, 키는 2m 정도 돼 보였다고 한다. 걸음걸이는 굉장히 느릿느릿하고 뒤뚱거리며 걸었는데, 이 하얀 외계인은 사실 예전부터 프레스노 지역에서 꾸준히 목격담이 나타나던 유명한 생명체였다.

**이 외계인의 이름은 '프레스노 나이트크롤러.**

앞말의 프레스노는 이 생명체들이 자주 출몰하는 동네의 이름이며, 뒷말의 나이트크롤러는 밤을 뜻하는 나이트와 기어가는 사람을 의미하는 크롤러가 합쳐진 단어다. 프레스노 나이트크롤러는 캘리포니아에서도 중부에 위치한 요세미티 국립공원 일대에서 자주 나타나는 크립티드다. 여기서 크립티드란 미지의 생명체를 말하며 목격담은 있지만 명확한 증거가 없기 때문에 실존하지 않을 것으로 판단되는 존재를 말한다. 대표적인 것으로는 영국 네스호의 네시, 빅풋, 예티 등이 있다.

인터넷을 찾아보면 프레스노 나이트크롤러가 나타난 CCTV 영상이 돌아다니는데, 아무도 돌아다니지 않는 밤에 숲속을 걷는다거나, 집안으로 들어와 수영장을 걸어다닌다. 프레스노 나이트크롤러는 물 위를 콩콩 뛰어다닐 수 있다. 사실 프레스노 지역에서 옛날부터 살아온 원주민들은 이 생명체의 존재를 알고 있었다고 한다. 그들은 프레스노 나이트크롤러를 자신들의 수호신으로 여기며 그 모습을 본뜬 목상을 마을 곳곳에 세워두었는데, 이 지역에 놀러가면 볼 수 있다.

직접 나이트크롤러를 마주한 사람들은 이 존재를 여러 가지 방향으로 추측한다. 하나, 외계인 또는 미지의 존재. 둘, 새로운 종의 동물로 팔이 짧거나 없는 영장류. 셋, 철사 위에 흰 천을 덮은 코스튬. 넷, 두루미처럼 걷는 새 등이 있다. 또한, 일본의 초상현상 연구가인 야마구치 빈타로는 이에 대해 광대가 공연할 때 신는 긴 신발을 신고 하얀 천을 뒤집어쓴 채 걷는 사람일 뿐이라고 했다. 이렇게 여러 사람의 추측에도 불구하고 프레스노 나이트크롤러에 대해 명확하게 밝혀진 사실은 아직 없다.

그렇다면 미국 현지의 반응은 어떨까? 현재 미국에서는 이 생명체는 아주 유명한 미지의 생명체 중 하나이며 프레스노 나이트크롤러를 이용한 여러 가지 굿즈가 만들어지고 있다. 또, 팬아트도 많이 그려지는데, 이를 보고 유령 연구가 반티(Banti)는 이렇게 말했다.

"귀엽습니다. 그것이 나이트크롤러가 사람들에게 사랑받는 이유라고 생각합니다."

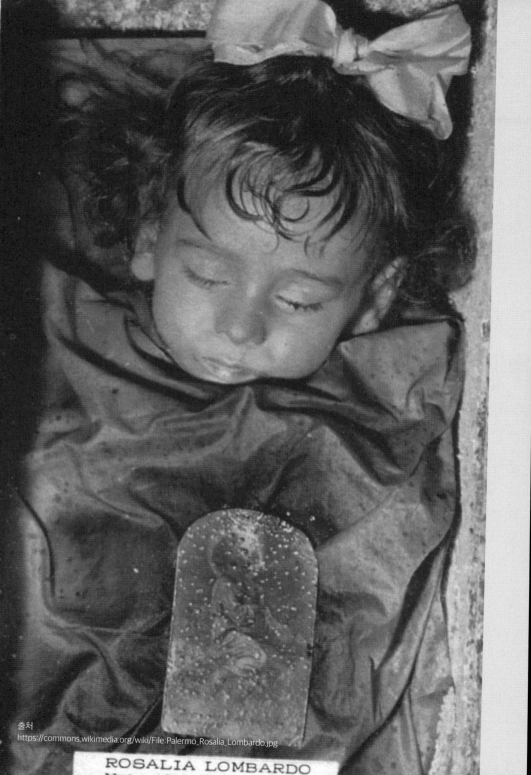

ROSALIA LOMBARDO

# 100년 만에 눈을 뜬 미라,

# 로잘리아 롬바르도

많은 사람은 죽음을 두려워한다. 하지만 만약 영생을 얻는다면 어떨 것 같은가? 물론 소설에서나 나올 법한 내용이며 현실에선 불가능하다는 것을 알고 있다. 하지만 옛 인류는 어땠을까? 옛 인류들은 불로불사를 믿었으며, 다시 돌아올 사람을 위해 죽은 사람의 시신을 보존하려고 한 방법을 썼는데, 그게 흔히 우리가 알고 있는 미라다. 부패하지 않고 썩지 않는 시체, 미라. 그런데 1900년대 초반, 이탈리아에서 한 남성이 자신의 딸을 미라로 만들게 된다. 무슨 사연이 있었을까?

이탈리아의 한 마을에 로잘리아 롬바르도란 여자아이가 살고 있었다. 로잘리아는 태어날 때부터 몸이 굉장히 허약했다. 그녀의 아버지인 마리오 롬바르도와 어머니는 로잘리아를 지극정성으로 돌보며 하루하루 버텼다. 하지만 신은 로잘리아를 외면했고, 그녀는 세상 밖으로 나온지 2년 만에 폐렴에 걸리게 된다. 결국 쓸쓸한 겨울, 로잘리아 롬바르도는 부모님보다 먼저 세상을 떠나버렸다. 상심에 잠긴 마리오 롬바르도. 예쁘고 사랑스럽던 딸을 볼 수 없다는 사실이 그를 낙담하게 만들었고, 그는 한 가지 기괴한 생각을 하게 된다. 죽은 딸을 세상에 영원히 남겨보자고. 만약 사랑하던 존재가 죽어 미라로 만들고 싶다면 어떻게 할 것인가? 당연히 일반인이라면 죽은 시체를 부패하지 않게 만드는 방법이 무엇인지 모를 것이다. 그럼 어디로 가서 누구한테 부탁해야 할까? 마리오 롬바르도는 그 당시 매우 유명했던 박제사 알프레드 사라피아를 찾아갔다. 마리오는 그에게 로잘리아의 모습을 영원히 간직할 수 있도록 박제를 부탁했다. 알프레드는 당황할 수밖에 없었다. 왜냐하면 평생 동물이나 박제를 해봤던 그에게 어린아이의 시체를 박제해달라니 말이다. 하지만 마리오의 간절한 부탁에 알프레드는 로잘리아의 시신을 부패하지 않도록 박제하기 시작했다. 이 과정에서 알프레드는 알 수 없는 약물들을 아이의 시신에 주사했고, 결국 로잘리아는 평온하게 잠자는 모습으로 박제되었다. 이후, 마리오는 이탈리아의 카푸친회 수도원 지하에 위치한 카타콤 납골당으로 찾아가 로잘리아의 미라를 유리관 안에 안치하도록 부탁한다.

　참고로 이 납골당은 수도원의 신부들이 죽은 후, 그들을 미라로 만들어 보존하던 곳이다. 따라서 로잘리아는 수많은 미라와 함께 납골당에 보관된다. 이후, 오랜 시간이 흐르고 세월이 변하던 중 수도원에 있던 신부들은 놀라운 사실을 발견한다. 그것은 바로 카타콤에 있던 미라들이 시간이 지남에 따라 몸이 서서히 부패되어 백골화되는 것과 달리, 로잘리아의 미라는 하나도 부패하지 않고 변하지 않았던 것이다. 아무리 방부처리를 잘한다 해도 미라는 조금씩 부패되는 것이 당연한데, 로잘리아의 몸에선 부패한 흔적을 전혀 찾아볼 수 없었다. 당시 의학 수준으로 불가능했다. 이 사실은 과학자들 사이에서 소문이 났고, 여러 학자가 로잘리아의 비밀을 밝히기 위해 연구하기 시작했다. 당시 카타콤에서는 신부들을 미라로 만들기 위해 시신을 건조시킨 다음, 겉에 식초를 발라 보존하는 방법을 사용했다. 그런데 학자들의 연구 결과 로잘리아의 몸은 기존 방식으로 박제된 것이 아니었다. 그녀의 몸에 정체를 알 수 없는 약물이 검출된 것이다. 이후, 학자들은 로잘리아를 미라로 만든 사람이 알프레드라는 걸 알게 되어 그를 찾아갔다. 하지만 알프레드는 당시 이미 세상을 떠난 뒤였으며, 그렇게 약물에 사용된 성분들은 미스터리로 남게 되었다.

　오랜 시간이 흘렀지만, 아직 로잘리아 롬바르도의 미라가 부패하지 않는 이유에 대한 논쟁은 계속됐다. 그런데 과거와 다른 게 있다면, 이젠 의료기술이 많이 발달했다는 것이다. 일부 음모론자들은 카타콤 수도원에 안치되어있는 로잘리아가 실제 미라가 아닌 그녀의 모습을 본따 만든 왁스 인형이라고 주장했다. 결국 수도원의 허가를 받은 과학자들은 로잘리아의 몸에 X-ray와 CT 촬영을 진행했다. 또한, 2009년에는 내셔널 지오그래픽에서 MRI 촬영도 하게 된다. 그런데 결과는 충격적이었다. 로잘리아의 몸 안에 있던 여러 장기가 썩지도 않은 채 거의 완벽하게 보존되어있었기 때문이다. 뇌는 크기가 많이 줄었지만 매우 안정적으로 보존된 상태였다.

X-ray를 통해 담요로 가려져 있던 담요 밑의 로잘리아의 자세도 밝혀졌다. 얌전히 팔을 뻗은 채 누워있는 자세였는데, 참고로 로잘리아가 덮고 있는 담요는 1920년대 이후로 단 한 번도 벗겨지지 않았다고 한다. 그렇게 100년간 로잘리아의 미라는 미스터리로 전해오던 중, 2009년에 이탈리아의 한 학자는 놀랍게도 알프레드 사라피아가 직접 쓴 글을 발견하게 된다. 그리고 그곳엔 로잘리아를 박제할 때 투여했던 정체불명의 약물들이 무엇인지 적혀있었다.

그 약물들의 정체는 포르말린과 글리세린, 알코올과 살리실산, 아연염이었다. 우선, 포르말린은 몸에 있는 박테리아를 죽이는 역할을 했으며, 글리세린은 신체를 미라화시켰다. 알코올은 로잘리아의 몸을 건조시켰으며, 살리실산은 그녀의 몸에 곰팡이가 자라는 걸 막아주었다. 그리고 여기서 가장 중요한 건 아연염이었다. 아연염은 로잘리아의 신체를 석화시켰기 때문에, 그녀의 피부는 마치 왁스 인형처럼 딱딱하게 변해버렸다. 결론적으로 아연염과 여러 약물이 합쳐져 로잘리아는 100년이 지난 지금까지도 무사히 보존될 수 있었던 것이다. 하지만 그렇다 해서 그녀의 몸이 100% 보존된 건 아니었으며, 미세한 부패는 진행되고 있었기 때문에 수도원 측에서는 2010년부터 로잘리아를 질소로 가득 찬 유리곽 안에 보호하는 중이다. 마지막으로 로잘리아의 미라가 가끔 눈을 뜬다는 소문이 있는데, 이는 창문을 통해 들어온 햇빛과 유리관의 빛의 굴절이 로잘리아의 눈에 그림자를 만들어 마치 눈을 뜬 것처럼 보이게 했을 뿐이라고 한다.

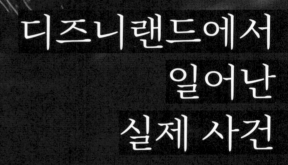

# 디즈니랜드에서
# 일어난
# 실제 사건

### 놀이공원에서 조심해야 하는 이유

한국의 대표적인 놀이공원을 뽑으라고 하면 어디가 떠오르는가? 서울 잠실에 위치한 놀이 공원과 용인에 있는 놀이공원이 떠오르지 않는가?

행복한 마음을 가지고 가는 놀이공원. 하지만 즐거움과는 다르게 놀이공원에서 사건 사고가 끊이지 않고 있다. 당장 뉴스나 블로그 후기를 봐도 알 수 있듯이 놀이기구를 타다가 다칠 뻔하거나 귀신을 봤다고 하며 공포에 떠는 사람 등 다양한 사고가 일어난다.

또, 안전 점검을 마쳤지만 기계의 오류로 기구가 제대로 작동하지 않기도 한다.

그렇다면 미국에서 가장 유명하고 규모가 큰 놀이공원인 디즈니랜드는 과연 안전할까?

## 첫 번째 이야기
# 악어에게 숨진 소년

아이들의 꿈과 희망이 가득한 디즈니랜드. 그런 디즈니랜드에서 올해인 2023년까지 몸길이 4m 이상인 거대한 악어를 400마리까지 제거할 수 있다는 것을 아는가? FFWCC(플로리다 야생동물 보존 위원회)에서 이를 승인했다. 대체 무슨 일이 일어난 것이길래 디즈니랜드는 이런 결정을 하게 된 것일까?

미국 플로리다주 중앙부에 위치한 디즈니랜드는 세계에서 가장 큰 테마파크다. 이곳은 4개의 테마파크와 2개의 수영장, 32개의 테마 호텔 및 리조트들이 넓은 지역에 걸쳐 이루어져 있는데, 이번 사건은 플로리다주 올랜

도에 위치한 디즈니랜드에서 일어났다.

2016년 6월, 일가족 4명이 이곳으로 휴가를 왔다가 리조트 내에 있는 세븐시즈라군 호수에서 놀게 되었다. 하지만 그곳엔 악어들이 서식하기 때문에 호수 입구에 수영 금지 표지판이 세워져 있었다. 애초에 플로리다주에는 악어가 약 100만 마리 정도 살고 있을 만큼 악어가 많은 곳이다. 이곳에서 1973년 이후로 현재까지 23명의 사람이 야생 악어에게 습격받아 사망했다고 한다.

디즈니에서 발생한 사고의 첫 번째 피해자는 이제 2살이 된 어린 소년으로 물가 근처에서 놀다가 악어에게 잡혀 물속으로 끌려 들어갔다. 이후 사건 현장에 약 50명의 잠수부와 해병대원들이 투입되며 그들은 호수와 주변 지역들을 수색했다. 헬리콥터와 음파 탐지기까지 사용되었고, 이때 야생 동물 전문가들이 호수에서 발견된 5마리의 악어를 안락사시켜 악아의 배를 갈라보았지만, 소년은 발견되지 않았다.

수색 작업을 시작한 지 19시간이 지난 후에야 소년의 시신이 발견되었다. 경찰의 설명에 따르면 시신은 물속에 가라앉아있었는데, 거의 훼손되지 않은 상태였다고 한다. 디즈니랜드에서 이런 사고가 발생한 건 개장 이후 45년만에 처음이었다. 이 사건 이후 리조트 곳곳엔 수영 금지 표지판이 아닌 악어를 조심하라는 경고판이 생겨났으며, 악어와 관련된 상품은 모조리 없어졌다.

## 두 번째 이야기
# 스페이스 마운틴

한국의 유명한 우주 열차 괴담을 아는가? 이 놀이기구에는 유명한 괴담이 있다.

어느 날 놀이공원에 놀러온 모자가 있었다. 엄마는 지쳐서 더 이상 놀이기구를 탈 힘이 없었고, 결국 아이만 놀이기구 맨 뒷자리에 태웠다. 아이가 신나게 웃으며 놀이기구를 탔을 거라는 엄마의 예상과는 다르게 놀이기구에서 내린 아이는 공포에 질려 있었다. 놀란 엄마는 무슨 일이냐고 묻자, 아이는 이렇게 말했다.

열차가 출발하자마자 어떤 남자애가 레일 위를 미친듯이 뛰어서 나를 쫓아왔어 열차가 빙글빙글 돌며 뒤를 볼 때 마다 남자애는 점점 더 가까워졌고 결국엔 내가 타고 있는 열차를 붙잡고는 자기랑 놀자고 했어.

디즈니랜드에도 이러한 놀이기구 사건이 있다. 바로 스페이스 마운틴이라는 놀이기구다. 스페이스 마운틴은 가상의 우주 공간을 로켓을 타고 달리는 철제 롤러코스터 트랙이다. 실제로 스페이스 마운틴을 건설할 당시 NASA 우주 비행사들이 도움을 주기도 했다. 이후 오픈한 스페이스 마운틴은 꾸준히 인기를 끌며 사랑을 받았다.

그러던 2000년 8월, 조나단과 그의 아내가 함께 스페이스 마운틴을 타게 된다. 우주 공간을 마음껏 달릴 것이라는 예상과는 달리 빠른 속도로 달리던 놀이기구가 급정거를 하게 된다.

그로 인해 조나단과 그의 아내는 치아가 부러지고 여러 곳의 디스크가 돌출되는 등 심각한 부상을 입었고 디즈니를 고소했다.

또, 어떤 남성은 스페이스 마운틴을 타던 중 추락해 하반신이 마비되는 사건도 있었다. 돌이킬 수 없는 일을 겪은 남성은 디즈니를 상대로 고소했다. 디즈니 측에선 결백을 증명하기 위해 배심원들에게 직접 놀이기구를 태워 결국엔 무죄판결을 받았다.

## 세 번째 이야기
# 아메리카 싱즈의 비극

꿈 많던 한 18살 소녀가 있었다. 그녀의 이름은 데보라. 그녀는 "아메리카 싱즈(America Sings)"라는 어트랙션에서 근무하고 있었다. 하지만 꿈도 많고, 하고 싶었던 것도 많았던

그녀는 아메리카 싱즈의 공연을 마지막으로 가족의 곁으로 다시 돌아가지 못하게 된다. 대체 무슨 일이 일어난 것일까?

아메리카 싱즈는 탑승하는 놀이기구가 아닌 극장에서 인형극을 관람하는 어트랙션이다. 여러 종류의 동물 인형들이 나와 노래를 부르며 미국 음악의 역사를 알려주는 오디오 쇼(audio-animatronic show)다.

설명만 들으면 평화롭게 진행될 것 같았던 이 공연은 끔찍한 기억으로 남게 된다.

1974년 7월 8일, 아메리카 싱즈가 운영된 지 몇 주 안 됐을 때 사건이 일어났다. 데보라는 어느 날처럼 무대 위에서 열심히 공연을 하고 있었다. 무대가 회전을 하던 순간이었다. 무대의 회전이 멈추더니 데보라는 뒤에 있던 벽과 무대 사이에 끼어 숨지게 된다. 사람이 들어가서는 안 되는 공간에 끼어버려 압사당해 죽은 것이다. 사고 당시 연극을 보던 관객들은 어디선가 사람의 비명소리가 들

렸지만 그냥 무대 효과음 정도로 생각하여 대수롭지 않게 넘어갔다고 한다. 결국 이 사건은 로스엔젤레스 타임즈에도 실리게 되는데, 데보라는 오후 11시경 무대가 움직이던 45초의 시간 동안 사망했다고 보도되었다. 안타깝게도 로스엔젤레스 타임즈에 따르면, 데보라는 19년 역사상 디즈니랜드에서 최초로 사망한 직원으로 발표됐다. 이후 데보라의 가족은 디즈니를 고소하였으나 결국 양측은 서로 합의하게 되며 사건이 마무리되었다.

## 네 번째 이야기
# 퍼레이드 사망 사고

놀이동산에서 빠질 수 없는 퍼레이드. 시즌별로 색다른 주제에 맞춰 퍼레이드가 진행되는데 퍼레이드가 진행되는 동안에는 마스코트 인형들과 예쁘게 꾸민 열차가 정해진 루트를 따라 행진하게 된다.

그래서 놀이공원 직원들은 퍼레이드가 시작되면 페레이드가 진행되는 구역을 줄로 막아놓는다. 혹시 모를 안전에 대비하기 위해서다.

그런데 2004년, 디즈니랜드에서 퍼레이드 도중 "플루토"로 분장한 직원이 뒤에서 따라오던 미녀와 야수 꽃수레에 깔려 사망했다. 이 사건으로 인해 디즈니는 직업위생 안전관리국에 막대한 벌금을 지불했다.

## 다섯 번째 이야기
# 디즈니 인형탈의 나쁜 손

디즈니랜드에 가면 여러 캐릭터가 우리를 환영해준다. 캐릭터들과 사진을 찍으며 하나의 추억을 쌓게 된다. 이처럼 놀이공원에 놀러온 손님들을 즐겁게 해주는 것이 캐릭터 인형들의 주업무다.

2004년, 디즈니의 인기 캐릭터 중 하나인 "티거"가 13살 소녀를 만졌다는 이유로 체포당하는 일이 발생했다. 당시 티거 인형탈을 쓴 남성은 36살의 남직원으로, 그는 성추행 혐의로 재판까지 하게 된다. 그는 필사적으로 자신을 변호했다. 캐릭터 장갑이 두꺼워서 무엇을 만져도 느낌이 나지 않고, 인형옷을 입으면 제대로 볼 수 없다고 말했다. 재판부는 그의 의견과 여러 상황을 종합하여 그에게 무죄를 선고한다.

이 사건이 아니더라도 디즈니랜드에서 캐릭터 직원들이 손님을 만졌다고 경찰에 신고되는 사례가 꽤 많다.

여기까지 디즈니랜드의 사고 5가지를 알아봤다. 워낙 디즈니랜드의 역사가 오래됐고, 전 세계적으로 많다 보니 그만큼 사고도 많이 일어날 수밖에 없는 것 같다.

놀이공원에 갔을 땐 어떤 일이 발생할지 모르니 항상 조심하고 조심해야 할 것이다.

# 크리스탈 레시피

⚠ 어린아이들이 따라할 수 있기 때문에, 크리스탈 레시피의 재료들을 숨겼습니다.

미국의 커뮤니티 채널 "4Chan"을 아는가? 4Chan은 레딧과 함께 유명한 미국의 대형 커뮤니티 중 하나다. 그런데 레딧과 비교했을 때, 4Chan에서 활동하는 유저들은 굉장히 악랄해 미국에서도 상식을 벗어난 사람들이 활동한다는 인식이 강한 곳이다. 하지만 서양권에서 쓰이는 유명한 밈들은 4Chan에서 탄생했다고 봐도 무방한데, 대표적인 예로 "넌 이미 죽어있다"가 있다. 그렇게 밈과 짤들이 유행하던 중 어느 날 4Chan에 크리스탈 레시피라는 글이 올라왔다.

뉴패그*는 내가 알려주는 크리스탈을 만들지 못할 거다! 방법을 알려줄 테니 어디 한 번 따라해 봐라!

첫째. 집에 있는 컵에다가 XX를 티스푼으로 2번 넣어.
둘째. 다들 집에 XXX, OOO 있지? 사람 사는 곳이라면 부엌에 무조건 있을 거야. 그럼 컵의 3분의 1만큼 XXX를, 또 3분의 1만큼 OOO을 부어버려! 아끼지 말고 듬뿍 넣어! 네가 만약 크리스탈을 크게 만들고 싶으면 더 많이 부어버려!

*뉴패그: 커뮤니티에 가입한지 얼마 안 된 신규 회원으로, 아직 4Chan의 문화에 익숙하지 않은 사람

셋째. 이번엔 XXX을 넣어야 해. 이제 컵의 나머지 빈 부분을 이걸로 꽉 채워! 넘쳐서 옷에 튈지도 모르니까 바보같이 흘리지 말라고! ㅋㅋ

넷째. 페니(영어권에서 쓰는 동전)를 넣어. 5페니에서 7페니 정도만. 그 다음이 중요한데, 컵에 빨대를 꽂고 10분 정도 불어봐. 그럼 얼마 안 있다 크리스탈 모양이 슬슬 보이기 시작할 거야. 아마 크리스탈의 색깔은 보라색이나 분홍색일 텐데, 그건 너의 호흡에서 나오는 이산화탄소에 포함된 XXX 성분 때문에 그런 거야. 바람을 불다 보면 정신이 몽롱해지고 어지러워지는데 잘하고 있는 거야! 계속해서 이산화탄소를 주입하면 더 예쁜 색 크리스탈을 만들 수 있어. 어때, 쉽지?

값비싼 크리스탈을 집에서 손쉽게 만들 수 있다고 하는 의문의 네티즌. 이 글에 적혀있는 재료들은 설탕이나 로션, 샴푸 등 누구나 집안에 구비해두는 생활용품들이었다. 그래서 이 글을 본 호기심이 많은 몇몇 유저들은 곧바로 이 실험을 따라했고, 곧 크리스탈을 만들었다는 후기가 올라왔다.

누군가는 크리스탈을 만들어 봤는데 너무 예뻐서 여자친구에게 만들어줬다고 했으며, 또 누군가는 진짜 크리스탈인 척 속여서 돈을 벌 수도 있겠다고 했다. 그리고 며칠 뒤, 인증 사진과 함께 자신이 직접 크리스탈 레시피를 만들어봤다고 주장하는 유저가 나타났는데, 그 내용은 가히 충격적이었다.

〈크리스탈 레시피 후기〉

2009년 8월 22일 토요일 오후 5시 36분

야…진짜 모든 게 감사하다. 나는 원래 집에만 틀어박혀서 맨날 4Chan에 접속하는 사람인데, 이번에 크리스탈 레시피 직접 따라하다가 하나님이랑 안면 틀 뻔했다…. 지금도 병원에 입원해서 이 글을 쓰는 중이야. 다들 크리스탈 만드는 게시물 봤지? 내가 기억하는 게 맞다면 이것저것 넣고 다 섞은 다음, 빨대로 어지러워질 때까지 불었어. 그래야 이산화탄소가 많이 생겨서 크리스탈 색이 더 예뻐진대나. 뭐래나. 근데 갑자기 병원에서 눈을 뜬 거야. 난 분명 집에 있었는데. 의사 말로는 내 몸에 염소가스가 차 있었고, 며칠만 지났으면 죽었을 거래. 난 병원에서 일주일은 더 있어야 할 것 같아. 너희도 전부 시도해 봐. 나만 죽을 순 없지. 이 사진은 내가 만든 크리스탈인데, 그 유저 말대로 수정 비슷한 게 만들어지긴 하더라? 덕분에 난 저승 갈 뻔했지만 말이야.

크리스탈 레시피를 따라하다가 몸 안에 염소가스가 가득 차서 죽을 뻔했다는 충격적인 이야기. 염소가스는 공기 중에 아주 소량만 퍼져도 1시간 이내로 사람을 죽게 만드는 맹독성 가스다. 눈, 코, 목구멍 등 수분이 있는 곳에 염소가스가 닿으면 염산으로 변해버린다. 심지어 염소가스는 제1차 세계대전 당시 독일이 사용한 살상용 가스로, 폐에 들어가면 호흡 곤란을 일으키며 죽기 마련이고, 살아남아도 폐의 기능은 영영 돌아오지 못한다.

그 말은 즉, 크리스탈 레시피를 작성한 유저는 자신의 글을 따라한 모든 사람을 죽이려고 올렸다는 것이었다. 그동안 써진 후기 댓글들도 글쓴이가 다른 유저인 척하며 올렸다는 것이 밝혀졌다. 혼자서 1인 4역을 하며 사람들이 레시피를 따라하다 죽도록 부추긴 것이다. 4Chan에는 재미를 추구하는 괴상한 사람들의 집합인 만큼, 이 글을 따라한 사람들이 많았을 텐데 사람들은 크리스탈을 만들다 염소가스에 의해 사망했기 때문에 더 이상의 후기가 올라오지 않은 것으로 추측했다. 한편, 크리스탈 레시피의 작성자는 현재 어떻게 됐는지 전해진 소식이 없다.

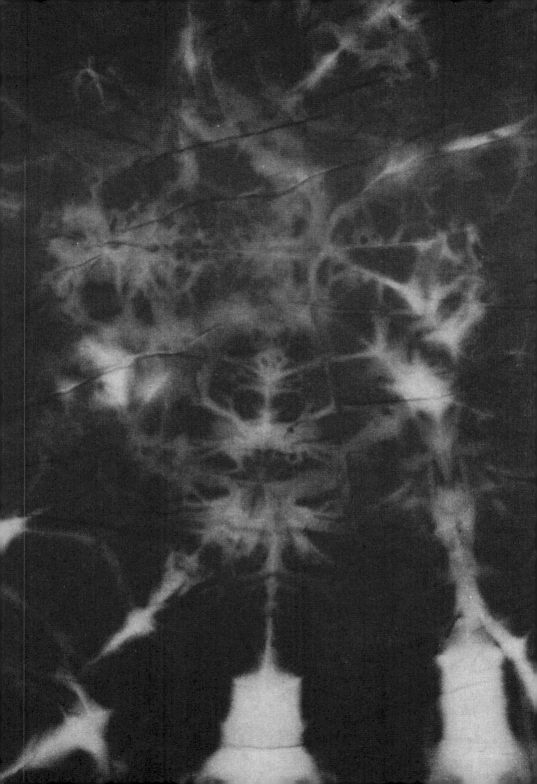

# 우리를 공포에 떨게 한
## 추억의 괴담 TOP 5

### 5위 동전에 숨겨진 김민지 양

지금은 잘 쓰지 않는 동전. 옛날에 카드 대신 현금을 주로 쓸 때는 많이 사용되었다. 요즘에도 가끔씩 동전이 필요할 때가 있는데 동전을 볼 때마다 생각나는 한 괴담이 있다.

당시 우리나라의 화폐를 디자인하는 사람이 있었다. 그 사람에게는 '김민지'라는 금쪽같은 딸이 있었다. 딸과의 행복한 하루하루를 보내고 있던 어느 날, 딸이 토막 살해를 당하게 되고, 딸을 다시는 만날 수 없게 된다. 결국 그 사람은 딸의 죽음을 잊지 않기 위해 화폐 디자이너라는 자신의 직업을 이용했다. 바로, 동전에 당시 딸의 사건을 암시하는 디자인을 담아낸 것이다.

10원에 그려진 다보탑을 살짝 돌려보면 탑 밑의 계단에 김이라는 글자가 보인다. 이는 디자이너의 딸 이름인 김민지에서 따왔다고 한다. 또, 50원을 살펴보면 벼 이삭 밑에 낫 모양이 보인다. 이는 딸이 낫으로 인해 사망하였고, 시체가 발견된 곳이 논이라 벼 이삭

을 그려 넣은 것이다. 100원을 살펴보면 이순신 얼굴이 있다. 그런데 동전을 180도 돌려보면, 이순신의 수염이 머리카락이 되며, 그 밑에는 고통에 울부짖는 김민지 양의 얼굴이 보인다. 500원에는 학이 날아가는 모습이 그려져 있다. 이때, 학의 딱 붙어있는 두 다리는 김민지 양의 묶였던 팔이라고 한다. 이 괴담을

들으니 어떤가? 전처럼 동전을 아무렇지 않게 받을 수 있겠는가?

### 4위 010-4444-4444

옛날부터 숫자 4는 안 좋은 의미로 쓰이곤 했다. 죽을 사(死)와 똑같은 발음으로 읽혀 숫자 4를 볼 때마다 꺼림칙하게 생각한다. 그래서 우리나라도 숫자 4 대신 F라는 알파벳을 사용하기도 한다.

그런데 전부 4로 되어있는 전화번호가 있다고 한다. 이곳에 전화하면 컴퓨터 기계음인 준우라는 아이의 목소리가 나온다. 통화 한 번당 3개의 무서운 이야기가 무작위로 나온다고 하는데 놀라운 건 지금 소개한 이야기가 몇 년 전 실제로 있었던 이야기라는 것이다.

무서운 이야기의 내용이 그리 길진 않고, 보이스 웨어로 녹음되었지만, 묘한 기계음 목소리가 괜스레 오싹하게 만든다고 한다.

이 번호에는 소문이 하나 더 있었는데, 이 번호로 전화하면 통화요금이 전화 한 번에 몇만 원씩 나온다는 것이었다. 하지만 이 번호는 KT에서 배정받은 번호로, 일반 통화요금과 동일하게 나오며 그 소문은 사실이 아니었다.

또 놀라운 건, 이 번호는 비교적 최근까지 운영하고 있었다는 것이다. 많은 사람에게 호응을 얻자 웃긴 이야기, 기묘한 이야기, 쇼킹한 이야기, 연예계 소식, 귀신이 봐주는 점 등 새로운 번호도 개설됐다. 그러나 2019년 5월에 모든 번호가 사라졌으며 현재 남아있는 것은 무서운 이야기를 들려주는 번호뿐이다.

### 3위 선풍기 질식사

잠을 잘 때 절대로 선풍기를 틀지 말라는 괴담 들어본 적이 있는가? 밀폐된 공간에 선풍기를 틀어놓고 자면 질식해서 죽는다는 기묘

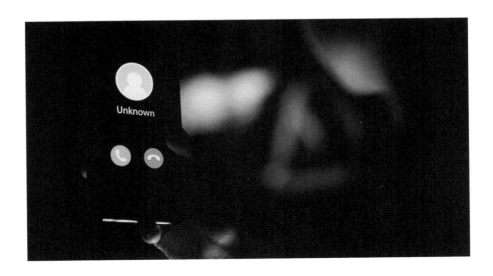

한 이야기. 사람들은 여러 가지 근거를 들었는데, 첫 번째로 사람이 자는 동안 선풍기 바람을 쐬게 되면 강한 맞바람으로 인해 숨을 쉬기 힘들어 결국 질식사하게 된다는 것이다. 두 번째로는 각종 먼지나 병균, 작은 날벌레들이 선풍기 바람을 타고 몸속으로 들어와 호흡기에 문제가 생길 수도 있다고 한다.

얼핏 들으면 그럴듯해 보이는 이 괴담 과연 사실일까? 사실 이 도시전설은 기자들이 아무런 과학적 근거와 검증도 없이 자극적인 내용으로 대중의 관심을 끌기 위해 거짓으로 만들어낸 괴담이다. 수십 년 전만 해도 선풍기 사망설이 꽤 유명했지만, 이는 검증된 경우가 하나도 없으며 거짓 상식이었다. 선풍기는 단순히 본체에 달린 모터의 회전력을 이용하여 프로펠러를 돌려 바람을 만들어내는 원리를 사용한다. 이때, 선풍기가 사용하는 동력은 전기이며 산소가 아니기 때문에 공기가 희박해져 질식사한다는 것은 무식한 소리다. 이외에도 선풍기 바람으로 인해 저체온증으로 사망한다는 설이 있다. 물론 선풍기 바람을 아주 오랫동안 쐬면 저체온증에 걸릴지도 모르지만, 저체온증으로 사람이 사망하려면 정상 체온에서 8도 이상은 떨어져야 하며, 선풍기의 힘만으로 불가능하다.

이 괴담은 한때 우리나라를 장식하는 괴담 중 하나였으며, 아직 이 괴담을 믿는 사람도 있다고 한다.

## 2위 빨간색으로 이름을 쓰면 불길한 징조

"빨간색으로 이름을 쓰면 죽는대."

빨간색으로 이름을 쓰면 결국 죽게 된다는 이 괴담, 들어본 적 있는가? 이 괴담은 초등학생부터 다양한 연령층이 알고 있는 괴담이기도 하다. 도대체 이 괴담은 어쩌다 생겨난 걸까? 여기엔 여러 가지 추측이 있다.

그중 하나가 중국 진시황과 관련된 가설이다. 최초로 중국을 통일하여 진나라를 세운 진시황. 어느 날 진시황은 빨간색을 독점하기로 한다. 이때 당시 진시황의 기세는 하늘을 찌를 듯했고 그 누구도 막을 자가 없었기에 당연히 중국인들은 빨간색을 사용할 엄두도 내지 못했는데, 만약 빨간색을 사용하는 사람이 있으면 진시황이 모두 처형했다는 이야기 때문에 빨간색을 쓰면 불길하다는 징조가 있다.

또, 다음으로는 조선시대와 관련된 이야기다. 과거, 조선의 7대 국왕이던 세조는 계유정난을 일으켜 왕이 되었다. 그런데 이때 반대파의 이름을 빨간색으로 적어둔 다음, 모조리 죽여버린 사건 때문에 빨간색으로 이름을 쓰는 걸 꺼리게 됐다는 설이 있다.

다음 가설도 우리나라와 관련이 있는데, 바로 6.25전쟁 가설이다. 6.25전쟁 당시 전사한 병사들의 이름을 빨간색 줄로 그어 표시했던 일이 있었으며, 전사자의 소식을 그 가족들에게 전달할 때 죽은 군인의 이름을 빨간색으로 적어 보냈기 때문이라는 설이 있다.

또 어떤 가설에서는 인간의 피가 빨간색이기에 빨간색은 죽음을 상징한다고 말하기도 했다.

　모든 가설을 보면 빨간색을 죽음과 연관 짓는다는 것을 알 수 있다. 우리나라에서는 아직 빨간색을 보면 불길한 징조로 삼고 있으며, 이 괴담은 현재 진행 중이다.

## 1위 움직이는 동상

아무도 없는 심야의 학교. 그 시간이 되면 동상이나 석상이 움직인다. 이 괴담의 원조는 일본으로 추정되는데, 일본의 여러 학교에는 "니노미야 긴지로"라 불리는 동상이 세워져 있다. 이 동상은 한 손에 책을 들고, 등에는 나무가 가득한 지게를 지고 있다. 일본에서는 이 동상이 메고 있는 나무의 개수가 날마다 조금씩 달라진다는 괴담이 있는데, 이와 유사한 괴담이 국내에 퍼진 것으로 보인다. 우리나라에서는 학교에 있는 동상이 밤12시가 되면 움직인다는 괴담으로 변형되었는데, 동상이 있는 초등학교라면 이러한 괴담이 학교를 떠돌고 다녔다. 특히, 옛날 우리나라의 학교의 경우 이순신, 단군, 세종대왕, 유관순, 어린 아이 동상 등이 있었는데, 밤12시가 되면 이 동상들이 함께 움직인다는 괴담도 떠돌았다. 밤12시. 모든 동상이 함께 움직이기 시작한다. 유관순 열사의 동상은 만세를 부르며 운동장을 뛰어다니고, 이순신 장군의 동상은 칼을 뽑고 일어서며, 세종대왕은 훈민정음 책을 펼쳐 고대 마법을 사용하는 등 동상 대격돌이 일어난다. 여러 동상이 함께 움직인다는 이 기묘한 괴담. 한때 초등학생이었던 우리를 떨게 만들었던 추억의 괴담이다.

천재는 99% 노력과
1%의 영감으로 만들어진다.

– 토머스 에디슨

# 에디슨이 죽기 직전까지
# 몰래 만든 발명품 '유령 탐지기'

1847년 2월 11일, 미국 오하이오주 밀란(Milan)에서 태어난 에디슨은 축음기, 영사기, 전구 등 수많은 발명품을 만들어내며 천재 발명가로 남게 되었다. 미국에 특허로 등록된 것만 1,093개나 있을 정도라고 한다. 하지만 딱 한 가지, 토머스 에디슨이 죽기 직전까지 연구했지만 세상에 알려지지 않았던 발명품이 하나 있었다. 그것은 바로 유령 탐지기. 1919년 세계 발명인 협회에서 유럽의 한 대학교수는 에디슨에게 이런 질문을 했다.

"다음 발명품은 무엇을 만드실 건가요?"

그러자 에디슨은 이렇게 답했다.

"지금 아무도 모르게 발명하고 있는 물건이 있습니다. 그건 바로 유령 탐지기죠. 사람의 눈에 보이지 않는 영혼의 존재를 탐지할 수 있는 기계를 개발하고 있습니다. 이것만 있으면 살아있는 사람과 죽은 사람이 대화할 수 있게 됩니다. 만약 성공한다면 더 이상 죽음이 그저 미지의 영역은 아니게 될지도 모르겠네요. 하하."

영화에나 나올 법한 유령 탐지기를 개발한다는 에디슨. 이 말을 들은 교수는 굉장히 당황했지만, 지금껏 엄청난 발명을 해왔던 그였기에 이유 모를 기대감에 휩싸였다. 그렇게 시간이 흐르고 1년 뒤인 1920년, 에디슨은 갑자기 영혼 탐지기에 관한 논문을 발표한다. 하지만, 당연히 이 논문을 본 여러 학자는 강한 반론을 제기하며 거세게 비판했다.

"이건 과학을 빙자한 강령술일 뿐이야. 조작과 날조일 뿐이라고."

"유령이 어딨어? 만약 있다고 해도 그런 미신적인 존재를 어떻게 인간이 만든 기계로 접촉할 수 있나?"

사람들은 에디슨이 말도 안 되는 소리를 한다고 무시하기 시작했지만, 그는 남들의 비판을 한 귀로 듣고 한 귀로 흘리며 넘치는 자신감으로 계속해서 연구에 몰두했다. 당시 에디슨은 영혼에 대해 이렇게 생각했다.

"모든 생명은 언젠간 죽게 되지만 이승을 떠도는 영혼의 잔류물과 살아있는 사람은 들을 수 없는 그들만의 목소리가 남아있는 게 분명해. 비록 우리 눈엔 보이지 않더라도 말이야. 인간과 동물의 육체가 원자로 구성되어 있듯이 영혼 또한 원자로 이루어져 있는 게 분명해. 앞으론 내가 만든 기계가 영혼의 잔류물을 통해 에너지의 힘을 증폭시켜 우리가 영혼의 소리를 들을 수 있도록 만들 거야."

이후, 그는 전화기의 전기 신호를 이용해 발전기와 스피커 같은 장비들로 구성된 유령 탐지기를 만드는 데 성공하였고, 1923년에 에디슨은 유령 탐지기를 시험해보기 위해 집에 귀신이 나타난다는 미국 필라델피아에 한 가정집으로 향했다. 그의 집에 들어간 에디슨은 허름한 기계를 하나 꺼내더니 난데없이 허공을 보며 계속 이렇게 질문했다. "이 집에 우리 말고 누가 더 있나요?" 한참 조용하던 그때 갑자기 허름한 기계에서 노이즈 소리가 들려왔다. 끊이지 않고 계속해서 들려오는 소음! 그러더니 갑자기 "밑에!"라는 말이 반복해서 들리기 시작했다. 그런데 에디슨은 이를 기다리고 있었다는 듯이 아하! 라고 소리치며 기계의 주파수를 맞췄다. 그러자 정체불명의 목소리가 이렇게 말했다.

"이 무거운 집을 내 관 위에서 치워!"

깜짝 놀란 집주인은 에디슨에게 이게 무슨 소리냐고 묻자, 에디슨은 "사람을 불러 땅을 파보시오"라는 말을 남기고는 집을 떠나버렸다.

이후, 집주인은 사람을 불러 지하실을 팠는데, 그 속에선 정체를 알 수 없는 비석과 오래된 관이 나왔다. 그리고 7년 뒤, 84살의 나이로 병석에 누운 에디슨. 그는 아직도 유령 탐지기를 아끼고 있었기 때문에 자신의 친인척들이 모인 자리에서 이런 말을 남겼다.

"내가 죽고 유령이 된다면 내가 직접 유령의 존재를 증명해 볼 테니 나의 임종을 지켜봐 주게. 또한, 유령 탐지기의 설계도를 언론에 공개하고 이 기계를 수정하고 보완해줄 사람을 찾아주게."

1931년 10월 18일, 에디슨은 결국 세상을 떠나게 되는데, 당시 그의 마지막 가는 길을 배웅해주던 사람들은 큰 충격을 받게 된다. 왜냐하면 그들이 갖고 있던 손목시계와 목걸이 시계, 벽걸이 시계 등 모든 시계가 같은 시각에 멈춰버렸기 때문이었다. 이후, 더 미스터리한 일이 발생한다. 에디슨이 사망하고 친인척들이 이 일화를 신문사에 제보하려던 찰나, 곧 시청에서 나왔다는 사람들이 에디슨의 집을 찾아와 금고에 있던 유령 탐지기와 관련된 모든 설계도, 기계 장치를 회수한 뒤 사라졌고, 어찌 된 일인지 나라에서는 시계가 멈춘 사건을 전혀 언론에 알리지 않았다. 따라서 지금도 에디슨의 모든 발명품이 박물관에 전시되어있지만, 그의 최후의 작품인 유령 탐지기만은 볼 수 없다. 과연 유령 탐지기는 지금 어디 있는 걸까? 누군가는 이런 의문을 제기한다. 그날 시청에서 나왔다며 유령 탐지기를 회수해간 사람들이 사실은 공무원이 아닌 비밀 조직이 아닌지. 그렇다면 그들은 유령 탐지기를 어디에 뒀으며 무엇을 위해 세상에서 감춘 것일까.

나는 평생 하루도 일을 하지 않았다.
그것은 모두 재미있는 놀이였다.

- 토머스 에디슨

# 기묘한 도시전설
## TOP 4

누군가는
실제
경험한
이야기

## 1
## 신일 의과 대학교

요즘엔 아르바이트를 구하는 앱도 있고 세상이 참 편해졌다. 하지만 옛날엔 인터넷이나 전단지를 보고 아르바이트를 구해야 했는데, 어느 날 온라인 채용 사이트에 수상한 모집 글이 올라온다. 모집 글의 제목은

고통 감내능력 임상실험 지원자 모집

이름부터 고통받아야 할 것만 같은 섬뜩한 느낌. 아르바이트 생을 모집하는 곳은 신일 의과 대학교란 곳이었다. 이후, 이 채용 글은 순식간에 유명해진다. 왜냐하면 아르바이트의 상세 내용과 급여가 말도 안 됐기 때문이다.

우선, 이 아르바이트는 어떤 실험에 피실험자로 참여하는 것이었는데, 실험의 상세 내용은 이러했다.

> 실험은 총 5개월 동안 진행된다.
> 28단계의 고통들이 준비되어있으며 피실험자는 이틀에 한 번씩 고통의 단계를 올리며 견뎌야 한다.
> 실험 중 너무 힘들면 중도 포기가 가능하다.
> 종종 의식을 잃는 경우가 있으나 숙련된 의사들이 지켜보고 있으므로 걱정하지 않아도 된다.
> 실험 이후에 남는 신체적 후유증은 전혀 없다.

누가 봐도 위험한 실험임이 틀림없었다. 일부러 사람에게 고통을 주며 얼마나 버틸 수 있는지 실험하는 내용처럼 보였다. 하지만 여기서 솔깃한 제안이 하나 있었는데, 그건 바로 급여였다. 이 실험의 하루 급여는 무려 "5천만 원"이었다. 이 글이 올라온 시기가 2010년인 것을 생각해보면 현재 기준으로 하루에 약 1억 원을 받는 셈이었다. 이 모집 내용을 읽은 사람들 중 누군가는 분명 이런 생각을 했을 것이다.

"분명 실험 처음엔 약한 단계의 고통을 줄 테니까, 적당히 버틸 만큼만 버티다가 아프면 바로 중도포기하면 되는 거 아닌가? 하루에 5천만 원이면 3일만 버텨도 1억 5천만 원인데!"

그러나 반대 의견도 많았다. 세상에 공짜는 없다는 것. 분명 급여가 이렇게 말도 안 되게 높은 걸 보면 이 실험 자체가 거짓말이거나, 실험에서 주어지는 고통이 상상 이상으로 끔찍할 것이라는 주장이었다. 그렇게 인터넷 상에서 사람들은 이 실험을 가지고 논쟁을 벌이고 있었다. 그런데 어느 날, 충격적인 사실이 밝혀졌다. 피실험자를 모집하던 신일 의과 대학교는 애초에 존재하지 않는 학교였던 것. 그렇다면 이 글은 누군가 의과 대학인 척하며 의문의 실험을 진행할 사람을 모집하고 있었

던 것이었다. 만약 이 공고를 보고 모집 장소에 갔다면 무슨 일이 일어났을까? 우리가 상상도 하지 못한 일이 일어났을 수도 있다. 이후, 이 글은 삭제되었지만 실제로 이 실험에 참가했다고 한 사람은 단 한 명도 나타나지 않았다. 어쩌면 실험에 참가한 사람들은 모두 소리 소문 없이 사라져 버렸을 지도 모른다. 누군가는 이 글을 올린 집단이 장기매매를 하는 위험한 집단이라고 추측한다. 현재까지도 신일 의과 대학교의 실험에 대해선 그 어떤 것도 밝혀지지 않았다.

# 2
# 도플갱어

"나와 똑같은 사람을 만나는 순간 둘 중 한 명은 죽게 된다."

이 도시괴담은 한 번쯤은 들어봤을 것이다. 도플갱어 괴담은 여러 공포영화의 단골 소재기도 하다.

도플갱어는 독일의 한 소설에서 유래되었는데, 두 배로 만든다는 뜻의 "Doppeln"과 걸어다니는 행인을 뜻하는 "gänger"가 합쳐져 "Doppelgänger"로 부르게 되었다.

영화나 소설 속에만 존재할 것 같은 도플갱어! 만약 현실에도 있다고 하면 어떨 것 같은

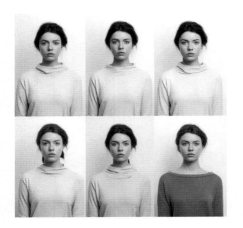

가. 정말로 죽게 되는 것일까?

어느 날, 닐 리처드슨이라는 남성이 영국의 브레인트리 마을로 이사를 갔다.

닐은 그곳에 가자마자 마을 사람들이 그를 아는 척을 하는 이상한 일을 겪게 된다. 마을 사람들은 자신을 존 제미슨이라고 불렀다. 이후, 닐은 마을에 있는 한 카페의 매니저와 대화를 하던 중 존 제미슨에 대해 슬쩍 이야기를 꺼냈고 그 사람에 대해 듣게 된다.

존 제미슨은 74세의 남성으로 닐이 그림자 분신술 했다고 믿을 만큼 똑같은 외모를 가진 남성이었다. 그래서 그렇게 마을 사람들이 자신과 헷갈려했던 것이었다. 그러던 어느 날, 정말 우연히 두 사람은 런던의 전시회를 보러 가던 중 만나게 된다. 둘 다 서로 같은 전시회를 보러 가는 길이었다. 먼저 존을 알아본 닐은 먼저 그에게 말을 걸었고, 더 놀라운 사실

이 밝혀지게 된다.

닐과 존은 같은 대학교를 졸업했으며 둘 다 교사가 되기 위해 공부를 했다. 또한, 시를 읽는 걸 좋아하고, 종교를 가르치는 등 서로 취미도 비슷했으며 아내와 만난 지 2주 만에 프로포즈를 하고 결혼한 점도 똑같았다. 그리고 당시 결혼한 지 50년이 지난 것도 똑같았고, 둘의 아들은 호주의 전통악기인 디저리두를 배우고 있었다.

닐과 존은 생김새 말고도 여러 부분에서 놀랍도록 똑같았던 것이었다.

닐과 존은 그 후로 영혼의 단짝이 되었고, 같은 마을에서 함께 살아가며 친하게 지냈다고 한다. 도플갱어 괴담은 그저 괴담일 뿐이지만, 닐과 존처럼 지구 어딘가에는 나와 똑같은 얼굴을 가지고 나와 비슷한 삶을 산 도플갱어가 존재할지 모른다.

# 3
# 초인종

2000년대 초반 우리나라를 흔들었던 초인종 괴담이 있었다. 이 괴담은 서울시 관악구에서 발생했던 일로, 아무 집 초인종 옆에 이상한 문자가 적혀있었다. 대표적으로 α와 β, 그리고 X 표시가 매직 같은 걸로 써져있었는데, 그 집에 살고 있던 사람들은 알 수 없는 이

상한 문자 표시에 공포에 떨 수밖에 없었다. 이 이야기는 인터넷에서 빠르게 퍼지며 순식간에 유명해졌고, 네티즌들은 문자의 의미를 추리하기 시작했다. 그중에서 제일 그럴듯한 추리는 초인종 옆에 α가 적혀있으면 그 집엔 여자가 살고, β가 적혀있으면 남자가 살고 있다는 것이다. 그리고 옆에 같이 적힌 X는 사람이 혼자 살고 있다는 표시이며, X가 여러 개일 경우 집에 살고 있는 사람의 총인원 수라고 추측했다. 하지만 α, β 외에도 수많은 문자가 초인종 옆에 적혀있었다. 도대체 범인은 무슨 이유로 이런 짓을 저지른 걸까? 네티즌들은 의문의 낙서쟁이가 왜 이런 괴상한 짓을 하는지에 대한 여러 가설을 내놓았다.

첫 번째, 도둑, 강도 가설

도둑이나 강도가 그 집에서 범죄를 저지르기 위해 미리 그 집에 사는 사람들을 숨어서 지켜본 다음, 그들이 집을 비우는 시간 또는 사람이 혼자 있는 취약한 집을 표시했다는 것.

두 번째, 배달원 가설

신문이나 우유 배달원이 자신이 배달하는 집의 정보를 보기 편하게 적어뒀다는 것. 하지만 신문을 보급하는 회사는 이렇게 말한다.

"신문 배달원들은 다 안내 카드를 가지고 있는데, 거기에 고객들 정보를 다 적어놨다. 굳이 초인종 옆에 저런 짓을 할 필요가 없다."

세 번째, 그냥 어린아이들이 낙서한 것

네 번째, 사이비 종교가 자신들 마음대로 종교적, 혹은 주술적인 행위를 위해 남의 집에 문자를 적어뒀다는 것

다섯 번째, 사이비 종교가 신도를 모으기 위해 여러 집을 돌아다니다가 자신들이 이미 다녀간 곳인지 표시해둔 것

그런데 비교적 최근에도 이와 비슷한 사건이 있었다. 이번엔 인터넷에 한 여성이 글을 올렸는데, 자신이 살고 있는 층의 소화전 옆에서 사람의 이름과 5759라는 숫자가 발견된 것이었다. 그런데 섬뜩한 사실은 그곳에 적힌 이름이 글을 쓴 여성의 아이 이름이었다. 여성은 공포에 떨었다. 어떤 사람이 소화전 옆에 아이의 이름과 의미를 알 수 없는 숫자를 적어뒀다고 생각해봐라. 당연히 공포에 떨 수밖에 없을 거다.

여성은 5759라는 숫자의 의미를 찾아보기 위해 인터넷에 검색하기 시작했다. 끝내 여성은 그 숫자의 의미를 찾게 되는데, 숫자의 의미를 안 여성은 기겁을 하게 된다.

5759가 고대 히브리어로 "유아", "어린아이"라는 뜻이었기 때문이다. 누군가 우리 집 아기 이름을 적어둔 것도 섬뜩한데, 고대 히브리어로 아이를 뜻하는 숫자를 적어뒀다고 생각하니 여성은 이 일을 그냥 넘길 수 없었다.

여성은 다른 층에 살고 있는 사람들과도 이 이야기를 해 보기로 결심한다. 확인한 결과 그 아파트의 거의 모든 층에 이름과 숫자가

적혀있었고 대부분 여성과 어린아이들의 이름이었다.

혹시 범죄를 저지르기 위해 미리 적어둔 숫자일까 불안에 휩싸인 여성은 결국 경찰에 신고하게 됐다.

이후 경찰이 CCTV를 분석해 범인을 잡고 보니 평소 아파트에 드나들던 우체국 집배원으로 밝혀졌다. 그는 붙잡히자 이렇게 말했다.

"등기 우편물을 배달할 때 수취인과 거주자가 다를 때가 있어요. 그러다 보니 헷갈리지 않도록 이름을 적어뒀을 뿐이에요."

그러나 누가 이 말을 믿겠는가. 평소에 고대 히브리어로 아이를 뜻하는 숫자를 알고 있는 사람은 흔하지 않다. 또한, 갓 태어난 아기는 우편물을 받을 일이 없는데, 소화전 옆에 굳이 이름을 적을 필요도 없었다. 이처럼 우체국 집배원의 발언에는 수상한 점이 많았지만 이내 경찰은 수사 결과를 발표했다.

"이름과 함께 적힌 숫자는 이전 세입자 정보였다. 범죄 혐의점이 없는 것으로 확인되어 사건을 종결할 예정이다."

이렇게 최근의 초인종 사건은 무사히 마무리되었지만, 2000년대에 여러 곳에서 발견됐던 $\alpha$와 $\beta$ 사인의 범인은 아직도 잡히지 않았다.

## 4
# 다른 세계로 가는 법

알만한 사람은 다 아는 도시전설, "다른 세계로 가는 법"이다. 다른 세계로 간다니? 정말 놀랍지 않은가! 어려울 것 같지만, 다른 세계로 가는 방법은 의외로 정말 간단하다.

첫 번째, 우선 엘리베이터에 혼자 탑승한다. 꼭 혼자여야 한다.

두 번째, 4층, 2층, 6층, 2층, 10층을 순서대로 눌러서 이동하는데, 중간에 누군가가 엘리베이터에 탑승하면 실패한다. 처음부터 다시 시도해야 된다.

세 번째, 만약 10층에 무사히 도착했다면 이제 5층을 눌러 이동한다. 이때 5층에 도착하면 어떤 젊은 여자가 엘리베이터에 탑승할 것이다. 온몸에 소름이 돋아도 절대 도망치거나 그 여자에게 말을 걸어선 안 된다. 왜냐하면 그녀는 사람이 아니기 때문이다.

네 번째, 어쨌든 여자가 엘리베이터에 타면 조심스레 1층을 누른다. 그럼, 엘리베이터는 1층으로 안 내려가고 갑자기 10층으로 올라갈 텐데, 다른 세계로 가는 것이 두렵고 무섭다면 지금 엘리베이터를 멈춰야 한다. 지금이 아니면 이제 포기할 기회는 없다.

이후, 10층에 도달하면 문이 열릴 것이다. 그렇다면 이제 조심스럽게 밖으로 나가봐라. 문 밖을 나가는 순간 알 수 있을 거다. 다른 세계에 도착했다는 것을. 이 세상엔 나 이외에 다른 사람은 아무도 없으며 그 누구도 나를 찾지 못한다.

아무도 없는, 오직 나만이 존재할 수 있는 미지의 공간으로 가고 싶은가? 그렇다면 당장 이 방법을 사용해 봐라. 하지만 다른 세계로 가기 전 마음을 단단히 먹어라. 이 방법을 사용한 그 순간, 현실 세계로 돌아오지 못할 수도 있으니 말이다.

# 프랑켄슈타인

생명을 창조하는
신의 영역에
도전한
광기의 과학자
(지오바니 알디니)

프랑켄슈타인을 아는가? 프랑켄슈타인은 연극과 뮤지컬 등 많은 곳에서 사용된 유명한 괴생명체 중 하나이다. 프랑켄슈타인의 이야기를 간략히 설명해보겠다.

어느 날, 제네바 공화국에 살던 과학자 프랑켄슈타인이 자연 철학에 매료되어 매일 같이 연구하고 실험했다. 그는 동네 납골당과 병원, 도살장에서 여러 시신의 뼈와 살점을 수집한 다음, 2m 40cm에 달하는 괴물을 만들어냈다. 그동안 인간이 넘볼 수 없었던, 신의 영역으로 간주되던 생명을 창조하는 실험을 성공한 것이었다.

그는 비가 오는 새벽, 괴물이 노란 눈을 뜨며 거칠게 숨쉬는 걸 보게 된다. 이내, 괴물은 발작을 일으키더니 손발을 움직이기 시작했다. 프랑켄슈타인은 괴물이 자신의 생각보다 너무 기괴하고 무서운 나머지 도망치게 되고, 나중에 괴물은 자신을 만든 프랑켄슈타인의 부인과 아이를 전부 죽여버린다.

이 이야기는 메리 셸리의 공포 소설로 허구의 이야기지만, 옛날 옛적 프랑켄슈타인의 모티브가 되었던 광기의 과학자가 실존했었다. 그의 이름은 지오바니 알디니(Giovanni Aldini). 그는 왜 광기의 과학자가 된 것일까? 그 이유를 알기 위해서는 그의 어린 시절을 살펴봐야 한다.

그의 삼촌인 루이지 갈바니는 생리학자로서 10년이 넘는 시간 동안 개구리를 해부하며 연구해온 사람이었다. 그런데 어느 날 어린 알디니가 삼촌의 연구를 지켜보다 개구리 다리에 전기가 흘러 들어가자 경련을 일으키는 걸 목격하게 된다. 이때 알디니는 모든 생명체의 몸속에 머리부터 발끝까지 흐르는 전기가 있다는 고정 관념이 생기게 된다. 심지어 죽은 생명체도 기계를 통해 전기를 흘려보내면 부활시킬 수 있으며, 자신이 새로운 생명을 창조할 수도 있겠다는 생각을 하게 된다. 알디니는 새로운 생명을 창조하기 위한 실험을 시작한다. 하지만 알디니는 개구리나

돼지, 소처럼 동물에게 가하는 실험으로는 만족하지 못했고, 그는 결국 사람의 시신으로 연구를 진행하게 된다. 1800년대 당시 이탈리아에서는 사람의 시신을 구하기가 쉬웠고, 때마침 알디니는 이탈리아에서 태어나 자라 가능한 일이었다.

알디니는 생각보다 야망 있는 과학자였다. 그는 실험을 통해 대중들에게 인기 있는 유명한 과학자가 되고 싶었다. 그래서 그는 대중들 앞에 나타나 공개 실험을 하게 된다. 때는 1802년 1월 이탈리아 볼로냐. 알디니는 대중들 앞에서 자신이 하게 될 실험을 설명했다.

알디니: 오늘 준비한 실험은 죽은 사람을 되살리는 실험인데요. 제가 앞에 있는 시신의 폐에다 전기를 흘려보내면, 몸 안에 전기가 흘러 시신이 스스로 숨을 쉬게 되고 다시 살아날 겁니다.

이후, 알디니는 시신에 전기 충격을 여러 번 가했지만 시신은 꼼짝도 하지 않았다. 그렇게 알디니의 첫 번째 공개 실험은 실패하고 말았다. 그는 수많은 사람 앞에서 실험을 실패하는 대참사를 겪었지만, 부끄러워할 새도 없었다. 이내 집에 가서 실험이 실패한 원인을 분석하게 되는데, 결국 실험했던 시신의 상태가 완벽하지 못했다는 결론에 다다른다. 그래서 알디니는 시신의 상태가 더 훌륭한 표본을 구하겠다고 다짐한다. 때마침 그에게 이탈리아보다 영국에서 상태가 더 좋은 시체를 구하기 쉽다는 소문이 들려왔고, 그는 영국으로 향했다.

사실 알디니가 지금까지 사용한 시신들은 참수형으로 인해 목이 없는 시체였지만, 당시 영국에서는 교수형을 집행했기 때문에 그나마 상태가 온전한 시신을 구할 수 있었다. 심지어 그는 사망한지 몇 시간도 지나지 않은 살아있을 때의 온기가 그대로 남아있는 시체를 원했다. 그렇게 부푼 기대를 가지며 영국에 도착한 알디니. 그는 바로 왕립 외과 대학교의 직원 파스를 찾아갔다. 파스는 몰래 돈을 받고 시신을 구해주는 브로커였다.

파스: 죽은 지 얼마 안 된 시신을 구한다고요? 그럼 사형수를 데려와야겠는데요? 사형이 집행되고 나서 바로 거래하는 걸로 하죠. 괜찮은 사형수가 있나 뉴게이트 감옥으로 가봅시다.

감옥에 도착한 알디니와 파스. 알디니는 거기서 건강해 보이는 사형수를 발견한다. 그의 이름은 조지 포스터로 자신의 아내를 죽인 혐의로 구속되어있었는데 그는 아직 구속만 됐을 뿐 사형이 확정된 건 아니었다. 살해 혐의는 있지만 그가 살인을 했다는 명확한 증거가 아직 발견되지 않았기 때문이었다. 포스터는 끝까지 자신은 아내를 죽인 범인이 아니라며 결백을 주장했지만, 결국 재판이 열리게 되고 그는 교수형에 처해진다. 포스터가 아내를 죽였다는 증거도 없는데 왜 사형을 선고받았을까? 사실 알디니는 조지 포스터가 사형에 처해지고 난 뒤 얼마 지나지 않은 시신을 실험체로 사용하고 싶었기 때문에, 재판을 진행하는 여러 사람과 심지어 판사까지 돈으로 매수한 상태였다. 그렇게 포스터는 사형당했고 파스에 의해 왕립 의과 대학으로 시신이 옮겨졌다. 그곳에는 이미 알디니의 실험을 관찰하고 싶어 한 사람들이 모여있었는데, 알디니는 엄청난 기대와 함께 두 번째 공개 실험을 시작했다. 우선, 그는 첫 번째 전극을 시신의 머리에 갖다 댔다. 그러자 시신의 몸이 들썩였는데, 분명 몇 시간 전에 죽은 그가 움직이자 구경하던 사람들은 기겁했다. 하지만 여기서 끝내기엔 뭔가 아쉬웠던 알디니. 곧이어 두 번째 전극을 시신의 항문에 집어넣었다. 그러자 놀랍게도 포스터의 몸이 미친듯이 발작하더니 눈을 번적 떴다. 사람들은 모두 죽은 포스터가 다시 살아난 줄 알았지만 그는 이후 아무런 반응이 없었다. 결국 알디니의 2차 실험도 실패로 끝나고 말았다. 이번에도 알디니는 시신의 상태에 불만을 가지며 이탈리아로 돌아왔다. 이후, 알디니의 행방은 더 이상 알려진 것이 없다. 어디서 무엇을 하다 세상을 떠났는지 아무도 모른다. 그리고 며칠 뒤, 교수형에 처해진 포스터 아내의 지인들이 증언하기를, 포스터의 집안은 너무 가난했기에 포스터가 밖에서 일하며 지내느라 아내랑 아이와 떨어져 지냈다고 한다. 하지만 너무 힘든 생활고 때문에 그의 아내는 주변 사람들에게 자식과 함께 자살할 것처럼 이야기했다고 한다. 타살이 아닌 자살일 가능성이 높은 것 같은데, 포스터가 사형을 당해버려 안타깝다고 말했다.

결국 알디니의 욕심으로 인해, 죄가 없을 수도 있는 한 남성이 희생되며, 이 사건은 과학 기술의 무분별한 실험이 인류에게 큰 재앙이 되어 돌아올 수 있음을 보여주었다. 그리고 처음 소개했던 프랑켄슈타인의 저자 메리 셸리는 광기의 과학자 지오바니 알디니의 친한 친구의 딸이었기 때문에, 이 사건에 대해 잘 알고 있었다고 한다.

# 1800년대 독일에 등장했던 정체불명의 인물 '카스파 하우저'

1800년대 초, 독일 바이에른 왕국에 정체불명의 어린 남자아이가 나타났다. 어느 날 갑자기 길가에 나타난 이 아이는 마지막에도 미스터리하게 죽어버린다. 그가 발견된 날은 바이에른 왕국의 축제가 열린 날이라 사람들이 많고 소란스러운 날이었다. 이날, 구두 수선공으로 일하던 남성 두 명이 한적한 길을 지나던 중, 이 남자아이를 발견하는데 어딘가 좀 이상했다. 아이는 교육을 못 받았는지 말을 할 줄 몰랐지만 딱 두 가지 말만 반복했다.

"몰라요."
"기병이 되고 싶어요."

늦은 시간에 어린아이가 혼자 길거리에서 이러고 있으니 두 남성은 걱정되어 말을 걸었

출처
https://commons.wikimedia.org/wiki/File:Kaspar_hauser.jpg

다. 그러자 아이는 편지를 내밀었다. 편지에는 이렇게 적혀있었다.

[이 편지를 보셨다면 길가를 떠돌던 제 자식을 찾으신 겁니다. 아이의 성은 하우저, 이름은 마음대로 지어주세요. 우선 제가 임시로 정한 이름은 카스파입니다. 카스파 하우저. 그게 현재 제 자식의 이름입니다. 아이는 1812년 4월 30일에 태어났어요. 안타깝게도 저는 가난한 시종이라 아이를 키울 여건이 안 됩니다. 이 편지를 보신다면 아이를 군부대로 데려다주세요. 그리고 베스니히 대위님, 하우저의 아버지는 평범한 기병 대원인데 이미 죽고 없습니다. 이 아이를 아버지와 같이 기병으로 키워주세요. 받아줄 마음이 없다면 길에서 죽든 말든 놔두시길. 아무데나 버려도 됩니다.]

길에 버려진 아이를 어떻게 가만 놓아두겠는가. 두 수선공은 아이를 군부대로 데려다주었다. 부대에서는 하우저를 유심히 지켜봤는데, 그는 허수아비에게나 입히는 버릴만한 옷을 입고 있었고 비위가 약했는지 커피 냄새를 맡으면 구역질을 하고, 포도주 냄새만 맡아도 취했으며 어두운 방 안에서도 물건을 잘 보는 등 야간시가 좋았다. 오감이 굉장히 발달한 느낌이었다. 아이는 "기병이 되고 싶다"는 말을 계속했는데, 막상 기병대원을 만나니 무서워서 벌벌 떨었다. 참으로 기묘한 아이였다. 그렇게 밥이라곤 빵과 물만을 먹으며 쉬고 있던 아이에게, 군대에서는 바이에른 왕국군 제6기병연대에 근무 중이던 '폰 베스니히 대위'를 불러왔다.

베스니히 대위는 나타날 때부터 투덜거리고 있었다. 자신을 바빠 죽겠는데 왜 부르냐고. 그런데 카스파 하우저와 만나니 더욱 어이없어 했다. 자신은 이 아이를 난생처음 보며, 편지에 쓰인 글씨도 처음 본다고 말이다. 그러곤 짜증을 내면서 바로 떠나버렸다. 결국 아이는 경찰서로 보내져 감옥에서 교육을 받고 지내게 되는데, 마침내 의사소통이 가능해진 하우저는 자신의 과거에 대해 이야기했다.

카스파 하우저: 저는 어린 시절 사람 한 명이 겨우 들어가는 좁은 방에서 갇혀 지냈어요. 왜 그곳에 갇혀 지내는지도 모른 채 말이죠. 매일 같이 복면을 뒤집어써서 얼굴을 가린 사람이 빵과 물을 가져다줬어요. 가끔 주스도 줬죠. 그리고 가끔은 음식에 약을 탔는지 먹자마자 의식을 잃었었는데, 그때마다 눈을 떠보면 머리카락이 깔끔히 잘라져있었고 샤워를 했는지 몸이 뽀송뽀송해졌죠. 가끔은 그가 방에 들어와 "기병이 되고 싶다"라는 말과 "카스파 하우저"라는 이름을 가르쳐줬어요. 그러나 절대 얼굴은 보여주지 않았죠. 무슨 이유에선지 자신이 누군지 숨기고 싶어 했어요. 그렇게 지내고 있었는데, 갑자기 어느 날 길거리에 버려져 있었어요.

어디서 누군가에게 감금당하며 불쌍하게 살아온 하우저의 이야기를 들은 뉘른베르크의 시장은 자신이 그를 도와주기로 한다. 나라에 쓰일 예산을 사용하여 하우저에게 옷과 음식 등 생활에 필요한 것들을 지원해줬다.

하우저가 제대로 교육을 받으며 외모를 관리하자 의외로 귀족의 자태가 드러나기 시작했다. 그래서 사실은 하우저가 높은 귀족 가문과 관련된 아이가 아니냐는 말도 있었다. 그러나 그의 과거에 대해선 더 이상 밝혀진 것이 없었다. 그렇게 하루하루 살아가던 중, 하우저는 정체를 알 수 없는 사람에게서 편지 하나를 받게 된다. 그 내용은 상당히 소름 돋았다.

출처
https://commons.wikimedia.org/wiki/
File:Spiegelschriftzettel_von_Kaspar_Hauser.jpg

[카스파 하우저, 네 숨겨진 과거를 알고 싶나? 그럼 저녁 9시에 호프가르텐 공원으로 혼자 와라. 반드시 누구에게도 알리지 말고 와야 한다.]

이제는 평범한 삶을 살고 있던 하우저는 자

신의 과거를 알려주겠다는 말에 혹해 약속 장소에 나가게 된다. 하지만 공원에 간 하우저는 괴한에게 습격당해 칼에 찔리게 되고, 부상을 입게 된다. 가까스로 집까지 걸어왔지만 혼수상태에 빠지게 되고 4일간의 사투 끝에 "내 잘못이 아니다"라는 마지막 유언을 하며 사망했다. 카스파 하우저는 어느 날 갑자기 나타났다가 어느 날 갑자기 사망해버렸으며, 지금까지도 그의 정체를 아는 사람은 아무도 없다. 그가 말했던 과거 이야기가 진짜인지

의문을 품는 사람들도 있으나, 현재 그의 묘비에는 이렇게 적혀있다.

"아무도 모르는 이 사람은 아무도 모르는 사람에 의해 살해당했다."

또한, 독일의 안스바흐에는 현재까지도 카스파 하우저의 동상이 세워져 있는데, 과연 그의 정체는 무엇이었을까? 등장부터 모든 것이 미스터리였던 카스파 하우저. 그를 칼로 찔러 죽인 자는 왜 그랬을까? 카스파 하우저가 살아있으면 안 되는 이유라도 있었던 걸까?

출처
https://commons.wikimedia.org/wiki/
File:Kaspar_hauser_grab.jpg

조상님들을
떨게 만든

한국 요괴 12가지

## 첫 번째, ————————————————————— 어둑시니

옛사람들은 어두운 밤길을 항상 조심해야 했다. 그 시절엔 당연히 길거리에 불빛도 없을 뿐더러, 야생동물들이 언제 나타날지 모르기 때문이다. 하지만 또 다른 이유가 있다. 그건 바로 어둑시니. 어둑시니는 어둠을 상징하는 요괴로, 늦은 밤 자신의 얼굴이 보이지 않는 어두운 골목길이나 구석에서 나타난다. 어둑시니는 사람 앞에 아무 말도 없이 서있는데, 만약 여기서 사람이 어둑시니의 존재를 눈치채고 겁에 질린다면 큰일이 일어난다. 어둑시니는 인간의 공포나 두려움을 먹으면서 더욱 강해지고 크기도 커지는 요괴이기 때문이다. 만약 밤에 길을 걷다 어둑시니와 마주쳤고, 두려워한다면 이 세상을 영원히 보지 못하게 될 수 있다. 어둑시니가 끊임없이 커져버려 집채 만한 크기가 될 수 있으니 말이다. 그렇다면 어둑시니를 마주친다면 어떻게 행동해야 할까? 의외로 간단하다. 어둑시니의 약점은 바로 무관심이다. 어둑시니를 무시하고 지나치면 된다. 그리고 공포를 먹고사는 특성상 어둑시니를 보고 겁을 먹지 않는다면 어둑시니를 물리칠 수 있다. 여담으로 북한 말에 "어둑시니는 올려다 볼수록 크다"라는 말이 있다. 무슨 일을 하든 지레 겁을 먹고 시작하면 갈수록 용기를 잃고 겁만 더 먹게 됨을 비유하는 표현이다.

## 두 번째, ————————————————————— 장자마리

한국에서 예쁜 바다를 볼 수 있는 동해, 그중에서도 강릉에서 전승되는 도깨비가 있다. 바로 장자마리라는 요괴다. 장자마리의 생김새는 굉장히 지저분하다. 해초와 곡식이 온몸을 감싸고 있다. 너무 까매서 얼핏 보면 도둑 같기도 하다. 그런데 장자마리는 겉모습과 다르게 꽤 괜찮은 요괴다. 우선, 장자마리의 의미 중 하나는 바로 다산이다. 강릉 지역 축제를 가보면 장자마리의 분장을 한 배우들이 나오는데 주로 맨 처음 나와 연극의 시작을 알린다. 이때 장자마리는 암수가 커플로 등장해 성적인 행위를 하며 여러 동작을 취한다. 이는 다산을 의미하며 장자마리의 통통한 몸도 다산을 상징한다. 몸에 먹을 것들이 주렁주렁 달려있는 모습은 풍요를 뜻한다. 장자마리를 부르는 다른 이름으로는 장난꾼, 작대기꾼이 있다.

## 세 번째, ───────────────────────── 거구귀

거구귀는 일본의 요괴 중 누리카베와 유사하다. 둘 다 거대한 벽 같은 모습을 하고 있기 때문. 하지만 거구귀는 그 크기가 어마어마했다. 전승에 따르면 입이 엄청나게 커서 윗입술이 하늘에 닿고 아래 입술은 땅에 닿을 정도였다고 한다. 상상이 되는가? 심지어 얼굴이 굉장히 무섭게 생겨서 옛사람들이 거구귀를 발견하면 깜짝 놀랐다고 한다. 의외로 거구귀는 반전 매력이 있는데, 험상궂은 얼굴로 근엄하게 있다가도 의로운 기운을 가진 비범한 인물을 마주치면 거구귀는 눈을 번뜩인다는 것이다. 거구귀는 장차 미래에 크게 될 사람을 보면 소년의 모습인 청의동자로 변신하여 그 사람의 곁에서 도와주고 수호하는 존재로 변했다. 하지만 여기서 큰 시련이 하나 있다. 그건 바로 비범한 자가 용기를 내어 거구귀의 큰 입안으로 들어가야만 했다. 정말 용감한 인물이 아니라면 불가능한 일이었다. 만약 당신이 평범한 사람인데 길을 가다 거구귀를 마주쳤다면 그냥 조용히 지나가길 바란다. 거구귀는 먼저 사람을 해치지 않는다. 그러나 거구귀를 화나게 하는 사람이 있다면 이 요괴는 자신을 건드린 모든 것, 사람이든 동물이든 사물이든 자신의 입안에 집어넣어 모조리 씹어먹는다. 거구귀는 살아가면서 겪는 시련, 고난을 상징하기도 하며 도움을 주는 청의동자로 변신하는 점은 시련을 극복했을 때 얻는 보상을 뜻한다고 한다.

## 네 번째, ———————————————————— 그슨새

우리나라에서 가장 크고 인구가 많은 섬인 제주도. 그슨새는 제주도에 살고 있다고 알려진 토속 요괴다. 아무래도 제주도에서 전승된 요괴다 보니 그슨새만의 특징이 있는데, 이 요괴는 제주도에서 예부터 우비로 사용하던 주젱이를 덮은 모습을 하고 있다. 특이한 점은 다른 요괴들과 다르게 어두운 밤이 아닌 대낮에 길거리를 활보한다. 그리고 길을 걷다 혼자 있는 사람을 홀려버리는데, 홀린 사람은 얼이 나가고 몸의 지배권을 그슨새에게 빼앗겨 고통스럽게 괴롭힘을 당하다 죽게 된다. 생각보다 무시무시하고 사악한 요괴다. 그렇다면 그슨새는 어쩌다 생겨난 요괴일까? 제주도 사람들은 이렇게 추측한다. 옛날 제주도에선 살인죄를 받아 사형을 당하는 범죄자들에게 주젱이를 씌웠는데, 이때 주젱이를 뒤집어쓰고 처형당한 나쁜 인간의 영혼이 요괴가 되어 사람들을 죽이고 다닌다고 말이다.

## 다섯 번째, ———————————————————— 강철이

이 속담을 들어봤는가? 강철이 간 데는 가을도 봄. 이 속담은 강철이가 지나간 곳에는 초봄처럼 아무것도 자라지 않는다는 뜻으로 인생에서 아주 나쁜 사람을 만나거나 불운이 겹쳐서 거의 성공했던 일을 망치는 경우를 뜻한다.

강철이는 무시무시한 자연재해 그 자체이며 강철이가 주변을 지나가기만 해도 곡식들이 다 말라 죽어버린다. 강철이는 왜 이런 못된 행동을 하는 것일까? 사실 강철이는 용이 되고 싶었지만, 결국은 실패한 전설의 이무기다. 용이 되지 못한 심술을 부리고 다녀 사람들에게 피해를 입히는 마치 불량패 같은 요괴다. 흔히 '강철이'라 부르지만, 깡철이나 꽝철 등 다르게도 불린다.

## 여섯 번째, ──────────────── 귀수산

등껍질에 산이 있는 거대한 거북이 요괴 귀수산. 귀수산은 삼국유사에도 등장한다.

신문왕 2년 음력 5월, 거대한 산 하나가 나타났는데, 모양이 마치 거북의 머리처럼 생겼다. 산 위에는 한 개의 대나무가 있어 낮에는 한 갈래였다가 밤에는 두 갈래로 되었다. 신문왕이 배를 타고 귀수산의 산속으로 들어가니 갑자기 한 마리 용이 나타나 검은색 옥대를 신문왕에게 바쳤다. 왕은 용과 함께 자리를 하며 귀수산의 갈라지는 대나무에 대해 질문을 하자, 용은 이 대나무로 피리를 만들어 불면 천하가 평화로워질 것이라 하였다. 이후, 왕이 대궐로 돌아와 대나무로 피리를 만들어 이를 만파식적이라하고 월성천존고에 간직해두었는데, 이 피리를 불면 적병이 물러나고 역병이 사라지며 가뭄이 해소되고 비가 오고 장마지면 날이 개었다.

이 이야기처럼 귀수산은 바다에 사는 요괴로 등에 있는 산에 대나무가 있는데 그 대나무를 이용해 피리를 불면 온 세상이 태평해지는 이로운 요괴였다. 그의 몸을 보면 거대한 섬이나 암초로 착각할 수밖에 없다고 한다.

## 일곱 번째, ──────────────── 귀태

귀신과 성관계하는 것을 귀접이라 부른다. 현대에도 이런 꿈을 꾼 사람들이 꿈 해석을 부탁하며 인터넷에 글을 올리기도 하는데, 귀신과 성관계하는 꿈을 꾼 것부터가 신기하다. 하지만 만약 귀신과 인간이 실제로 성관계해서 아이가 태어난다면? 우리는 옛날부터 귀신과 살아있는 사람 사이의 아기를 귀태라고 불러왔다. 귀태는 겉으로 봤을 땐 평범한 인간과 별다른

차이점이 없지만 평소 귀신이나 요괴, 도깨비 등을 볼 수 있고 대화도 할 수 있다. 놀랍게도 우리나라 설화를 살펴보면 귀태는 옛날부터 전승되었는데 신라시대 진지왕의 귀신이 도화녀와 성관계를 맺어 비형랑이라는 귀태가 태어났다고 한다. 귀태는 아기라 그런지 자신이 원하는 곳이 있으면 잘 안 떠나고, 사람들이 아무리 떼어내려 해도 절대 떨어트릴 수 없다고 한다.

## 여덟 번째, _____ 불가사리(불가살이)

곰의 몸과 코끼리의 코, 소의 꼬리, 호랑이의 다리, 물소의 눈을 가진 존재. 철과 같은 단단한 금속을 먹고 성장하는 요괴. 선조들도 칼처럼 뾰족한 털과 방탄처럼 단단한 피부 때문에 이 요괴를 잡는 것은 불가능했다고 한다. 이 요괴의 이름은 바로 불가사리. 우리나라에서는 죽일 수 없는 요괴라고 불리고 있다. 불가사리는 외형과는 다르게 온순하기 때문에 굳이 싸울 일이 없었다. 또한, 대부분의 요괴가 사람을 괴롭히고 잡아먹으며 음기를 가진 것에 반해 불가사리는 강한 양기를 가지고 있어 주변에 있는 인간의 악몽이나 나쁜 기운을 내쫓는다고 한다.

## 아홉 번째, _____ 장산범

영화로도 많이 알려진 장산범. 부산광역시 장산의 산속에서 출몰한다고 알려져 장산범이란 이름이 붙게 되었다. 장산범은 어느 순간 여러 사람의 목격담이 나타나면서 유명해진 요괴다. 장산범을 목격한 사람들의 증언에 따르면, 그들은 모두 숲속에서 길을 잃고 홀로 남겨졌을 때 장산범을 마주쳤다고 한다. 그들이 장산범을 만났을 때 여러 특징이 발견했는데, 우선 온몸을 뒤덮고 있는 찰랑거리는 흰 장모가 있다. 털이 너무 아름답고 고아 넋을 놓고 보게 된다고 한다. 또한, 장산범은 모든 소리를 흉내낼 수 있다고 하는데 어떤 사람은 동물 소리를, 어떤 사람은 자연의 소리를, 어떤 사람은 사람의 목소리까지 들었다고 전해진다. 그리고 장산범은 엄청나게 빠른 속도를 낼 수 있으며 그 속도가 자동차보다 빠르다고 한다.

장산범은 산을 타고 다니며 못 다니는 지형지물이 없다. 따라서 장산범에게 한 번 표적이 되면 도망칠 수 없다고 하며, 성격도 난폭하고 무섭다고 한다. 만약 부산의 장산에서 장산범을 마주치면 눈을 감는 게 좋을 것이다. 왜냐하면 인간은 장산범의 아름다운 모습을 보고 홀려버려 아름다운 여인이나 잘생긴 사내로 착각할 수 있기 때문이다. 그렇게 다가가면 장산범에게 잡아먹힐 것이다. 혹시 개나 고양이를 키우는가? 만약 장산범이 당신의 집 근처에 나타나면 집에 있는 개와 고양이가 평소보다 더 심하게 짖거나 울 것이다.

## 열 번째, ──────────────────────── 지귀

온몸이 불타고 있는 요괴 지귀. 이 요괴에게는 슬픈 사연이 있다. 옛날 옛적 지귀는 인간이었다. 어느 날 지귀가 길을 걷고 있었는데, 맞은편에서 선덕여왕이 오고 있는 것 아닌가. 평범한 백성이던 지귀는 아름다운 여왕의 자태에 반해버린다. 첫눈에 사랑에 빠진 지귀는 선덕여왕을 혼자 사모하며 끙끙 앓았지만 당연히 둘은 이루어질 수 없었다. 선덕여왕을 그리워하다 결국 미쳐버린 지귀는 온몸에 불이 붙어 파멸적인 요괴가 되었다. 그가 가는 곳마다 모두 불이 붙어버려 쑥대밭이 되어버렸다. 마을 전체에 화재가 나자 선덕여왕에게도 이 소식이 전해졌고, 그녀는 백성들에게 주문을 적어 대문에 붙이도록 했다. 주문의 내용은 이러했다.

志鬼心中火(지귀심중화) - 지귀의 마음에 불이 나
燒身變火神(소신변화신) - 자신의 몸을 불태워 화신이 되었네
流移滄海外(유이창해외) - 마땅히 창해 밖에 내쫓아

不見不相親(불견불상친) - 다시는 돌보지 않겠노라

이후 지귀는 더이상 보이지 않았다고 한다.


## 열한 번째, ————————————————————— 일촌법사

일촌법사는 조선민담집의 설화에 나오는 요괴로 만년을 살아온 쥐가 법사로 변신한 요괴다. 만년이라는 긴 세월동안 수련을 한 만큼 여러 가지 기묘한 요술을 부릴 수 있으나, 이걸 좋은 일에 쓰지 않고 사람이나 다른 요괴들을 괴롭힐 때 사용한다. 말 그대로 자기 마음에 안 들면 괴롭히는 불량배 요괴다.

설화에 나온 일촌법사의 능력을 살펴보면 꼬리를 번개처럼 돌려 물을 소환하는데, 얼마나 강력하면 일대에 홍수를 일으켜 모두 잠기게 만든다. 또한, 싸우는 상대의 손톱을 먹으면 상대방과 똑같은 모습으로 변신할 수 있다. 그런데 웃긴 점은 일촌법사의 태생이 쥐였기 때문에 약점은 고양이라고 한다.


## 열두 번째, ————————————————————— 금돼지

말 그대로 금색 빛깔의 털을 가진 돼지 요괴로 이름만 보면 참 비싸보인다. 전승에 따르면 마산 앞바다에 있는 어느 섬 동굴 안에 살고 있는 식인 요괴다. 금돼지는 서유기에 등장하는 저팔계와 비슷하게 여러 도술을 부릴 수 있으며 다른 모습으로 변신도 가능한데, 힘까지 매우 쎄서 인간이 어찌 할 수 없는 괴물이었다. 그리고 욕망까지 그득한 금돼지는 평소 예쁜 여성을 잡아먹는 걸 좋아했으며 자신의 마음에 든 여자는 동굴로 데려와 시중을 들게 하였다고 한다.

# 사형수가 죽기 전 남긴

# 최후의 말 TOP3

### TOP 3 칼 판즈람

1891년 이후 미국 미네소타에는 크고 작은 소동이 일어났다. 그 이유는 동네에서 유명한 문제아인 칼 판즈람 때문이었다. 그는 워낙 사고를 많이 치는 바람에 겨우 12살밖에 안 됐던 시절, 미네소타 직업 훈련소에서 복역하기도 했다.

그런데 그 당시 직업 훈련소는 지금과는 많이 달랐는데 그곳의 직원들은 그곳에 복역한 아이들에게 심각한 수준의 체벌을 가했고, 이로 인해 칼 판즈람의 성격은 폭력적이고 잔인한, 그리고 무자비한 미치광이로 거듭나게 되었다.

이후 성인이 된 칼 판즈람은 어떻게 됐을까? 그는 유럽과 미국, 아프리카 등을 돌아다니며 총 22명 이상을 살해한 것으로 추정된다. 칼 판즈람이 가장 야비했던 점은, 피해자들이 모두 자신보다 약한 여성이나 어린아이 등 저항할 힘이 없는 사람들이었다. 그는 모

든 인간이 나의 적이라는 생각에 사로잡힌 정상 범주에서 벗어난 사람이었다. 그는 사람들을 대하는 태도도 항상 공격적이었다. 그러다

결국 경찰에게 잡힌 칼 판즈람. 그는 교도소에서도 화를 못 참고 교도관의 머리를 부숴버려 사형이 결정되었다. 때는 1930년 9월 5일 새벽 5시 55분. 칼 판즈람은 이런 말을 남기고 세상을 떠났다.

**"(사형집행인에게) 서둘러 이 촌놈아, 네가 꾸물대는 동안 나는 10명의 목은 매달았겠다."**

### TOP 2 존 크리스티

어느 날, 한 부인이 집에서 시체가 썩는 듯한 냄새를 맡는다. 그런데 그 냄새가 날이 갈수록 심해지자, 부인은 자신의 남편을 의심하기 시작했다. 남편의 이름은 존 크리스티. 그는 1899년 영국에서 태어났다. 그는 사회적으로 위치가 낮은 가난한 노동자 계층이었는데 크리스티는 진흙 속 진주처럼 시련 속에서도 학교에서 다른 학생들을 다 제치고 장학금을 받은 매우 똑똑한 사람이었다. 하지만 현실은 계속해서 그를 악의 구렁텅이로 끌어내렸다. 그의 아버지는 항상 일이 끝나면 술에 취해 집으로 귀가했다. 알코올 중독이었다. 그리고 존 크리스티를 아무 이유 없이 잔혹하게 폭행했다. 이때 받은 극심한 스트레스 때문인지, 그는 매우 심한 결벽증을 갖게 되기도 한다. 그래도 존 크리스티는 성인이 되고 나서도 한동안 정상인처럼 별다른 사고 없이 잘 지냈는데, 그때까지만 해도 주변 사람들은 몰랐다. 존 크리스티가 사실은 얼마나 끔찍하고 잔인한 괴물인지.

그가 처음 살인을 시작한 건 결혼하고 나서였다. 그는 한 여성과 결혼하고 릴링턴이란 동네로 이사를 갔는데, 여기서 살인을 하고 싶은 욕구가 치솟게 되며 연쇄 살인마가 되었다.

그는 주로 여성을 살해했는데, 피해자들을

보면 릴링턴에서 몸을 팔던 매춘부, 이웃 주민, 그리고 아내의 친구까지 살해했다. 이후, 그가 시체를 처리한 곳은 산이나 강도 아닌 자신의 집이었다. 집 부엌 천장, 정원의 땅밑, 마루 밑 공간 등 생활 공간에 그냥 시체를 묻어버렸다. 이러니 아내도 존 크리스티를 의심하기 시작했는데, 충격적이게도 그는 아내의 감시가 귀찮아지자 자신의 아내마저 살해한다. 이후, 그의 주변에서 사람들이 자꾸 죽게 되자 경찰의 의심을 사게 되었고, 그는 집에 있던 시체들을 처리하지도 않은 채 급하게 다른 동네로 이사를 가버린다. 하지만 집안 곳곳에 있는 시체가 다음에 이사 온 사람들에게 안 걸릴 수가 있을까? 그 집에 새로 이사 온 사람들이 인테리어를 바꾸기 위해 벽지를 뜯고 바닥을 뜯을 때마다 시체가 나타났고, 그들은 당연히 전 주인이던 존 크리스티를 신고

했다. 이때 존 크리스티는 경찰에 붙잡혔고, 결국 1953년 3월 교수형에 처해지게 된다. 그리고 그는 죽기 직전 이런 말을 남겼다.

> "십계명 중 여섯 번째 계명 '살인하지 말라'가 나를 매료시켰다. 나는 늘… 내가 그 말을 어겨야 한다고 확신했다."

### TOP 1 피터 쿠르텐

경찰이 한 동네를 수색하고 있다. 무언가 심각한 일이라도 일어난 듯 잔뜩 긴장한 채로 동네 사람들에게 이것저것 물어본다. 그 모습을 유심히 살펴보는 한 남성. 남성은 집으로 뛰어가 아내에게 충격적인 고백을 한다. 자신이 바로 '뒤셀도르프의 흡혈귀'라고. '뒤셀도르프의 흡혈귀'는 독일에서 유명했던 연쇄살인마의 별명이다. 그의 진짜 이름은 바로 피

터 쿠르텐. 쿠르텐는 자신이 납치했던 수많은 여성 중 한 피해자가 탈출에 성공하여 결국 덜미를 잡혔고, 1931년 7월 2일 단두대에서 사망하게 된다. 이때 피터 쿠르텐은 마지막으로 이런 말을 남겼다.

"말해 보게. 내가 머리가 잘려나간 다음 잠깐만이라도 내 목에서 뿜어져 나오는 핏소리를 들을 수 있을까? 그렇다면 모든 즐거움을 끝내는 마지막 즐거움이 되겠군."

그는 도대체 어떤 삶을 살아온 걸까? 죽기 직전 이런 믿기 힘든 말을 한 걸 보면 그의 과거가 어땠을지 상상조차 안 된다. 쿠르텐의

어린 시절은 매우 불행했다. 그는 형제자매가 13명이나 되는 대가족 중 셋째로 태어났는데, 집안은 찢어지게 가난했다. 설상가상으로 알코올 중독인 아버지는 아이들이 보는 앞에서 아내를 겁탈하였고, 항상 가정폭력을 일삼았다. 그러다 아버지가 징역을 살기도 했는데, 이런 집안에서 정상적으로 자랄 수 있을까?

쿠르텐은 인격 형성에 중요한 시기인 어릴 때부터 폭력적인 것만 봐왔기 때문에, 항상 정신적으로 매우 불안한 상태였으며 결국 그는 범죄자가 되었다.

그는 청소년 시절 방화나 절도를 저질러 형무소에 자주 들락거렸고, 성인이 되어서는 들개 포획가로 고용되었다. 그런데 여기서 그는 들개들을 고문하며 내면의 잔혹성을 점차 키워갔고, 이는 사람에게까지 뻗치게 된다.

그의 첫 살인은 술집에서 시작되었다. 쿠르텐은 술집을 털다가 한 소녀를 살해하는데, 이때 자신의 이니셜인 "PK"가 적힌 손수건을 현장에 떨어트리고 도주해 버렸다. 하지만 그는 잡히지 않았다. 소녀의 삼촌 이름인 "피터 클라인"과 PK라는 이니셜이 같았기 때문이다. 경찰은 손수건이 피해자 삼촌의 것이라 생각하여 피터 쿠르텐은 용의선상에도 오르지 않고 수사를 피해 갈 수 있었다. 이후로도 그는 수많은 살인을 저지르는데, 그의 살해 방식이 너무 다양해서 경찰은 한 사람의 소행이 아니라 여러 범죄자가 저지른 줄 알았다고 한다. 아이러니한 점은 피터 쿠르텐이 경찰에게 붙잡히는 마지막 순간이다. 그는 수많은

사람을 죽인 살인귀였는데, 경찰에게 붙잡힐 것 같은 순간이 오자 아내에게 자신을 신고해 현상금을 받으라고 권했다. 일반인의 생각으로는 이해할 수 없는 부분이다. 연쇄살인마도 사람을 사랑할 수 있다니.

어린 시절이 불행했다고 해서 모두 살인범이 되는 건 아니다. 지금 소개한 살인범들은 그저 피해의식에 사로잡혀 사람을 죽인 사람일 뿐 그들의 살인이 정당화될 수 없다. 어렸을 때 불행한 사람이 살인을 저지를 수 있다는 그런 선입견은 가지지 않기를 바란다.

### 번외

TOP 3에 들지 않았지만, 이 외에도 사형수들이 말했던 유명한 말들이 있다.

### 데니스 닐슨(Dennis Nilsen)

- 15명의 남성을 살해한 뒤 시신을 겁탈함

"나는 내가 한 짓 때문에 잠을 못 이루거나 악몽을 꾸진 않아."

### 윌리엄 하이렌스(립스틱 살인마)

- 3명 살인 추정

"더 많이 죽이기 전에 제발 날 좀 잡아줘… 나도 날 통제할 수가 없어."

### 에드먼드 켐퍼(Edmund Kemper)

- 총 10명 살인, 그중 조부모와 어머니 포함
- 죽은 피해자들의 머리카락과 치아 등을 수집

"길을 걷고 있는 예쁜 여성을 보면 한편으론 그녀와 데이트하고 싶다고 생각한다. 하지만 다른 한편에서는, 그녀의 머리에 꼬챙이를 꽂고 싶다고 생각한다."

## 리처드 라미레스(Richard Ramirez)

- 1년 동안 총 14명 살인 추정
- 시신에 악마를 숭배하는 그림을 그림

"나는 20명을 죽였고, 그들이 흘린 모든 피를 사랑한다."

## 제임스 프렌치(James French)

- 2명의 시민을 살인
- 죽고 싶지만 스스로 목숨을 못 끊어 감옥에서 다른 범죄자를 죽이고 결국 사형
- 전기 의자에서 사형당함

"내일 신문 헤드라인에 이건 어때, 프렌치 프라이!"

(자신의 이름을 이용한 개그)

# 집단 히스테리

집단 히스테리란 학교, 직장, 사회에서 대규모로 발생하는 이상 현상을 말한다. 특별히 신체에는 문제가 없지만 어떠한 믿음, 행동, 언어 표현 등이 아무 이유 없이 퍼지는 것으로, 예를 들어 학교에 있던 사람들이 모두 호흡을 못 하거나, 공황장애를 겪게 되고 환각을 보게 되며, 통증을 느끼는 등의 미스터리 현상이다. 미스터리 현상 그 자체인 집단 히스테리. 그 사례가 존재하는데, 대체 어떤 사건이 일어났던 것일까.

## 5위
## 페루 집단 악마 목격 사건

갑자기 학생들이 단체로 몰려 무언가에 쫓기듯 도망가고 있었다. 아이들은 비명을 지르며 소리치고 있었는데, 하나 같이 공포에 질려있었다. 아이들은 이렇게 외쳤다.

"악마가 쫓아오고 있어! 도망쳐!"

학생들은 새하얗게 질린 얼굴로 악마에게서 도망치고 있었다. 한두 명도 아닌 80여 명이나 되는 학생들이 말이다. 어떤 학생은 악마가 자신의 목을 조르고 있다며 겁에 질려있었다.

이 믿기 힘든 사건은 2016년 4월의 페루에

한 학교에서 벌어진 사건이다. 이후, 사람들은 이 사건을 "페루 집단 악마 목격 사건"이라 부르게 되는데, 이를 집단 히스테리의 일종으로 보는 시선이 많다.

특이한 점은 이때 악마를 봤다는 학생들이 대부분 여자아이라는 것이다. 그리고 2년 후, 2018년에도 비슷한 사건이 발생한다. 이번엔 한 학교에서 동시에 30명의 학생이 집단 발작을 일으켰다. 경찰이 조사를 해보니 발작을 일으킨 아이들에게서 공통점이 하나 발견되었다. 그건 바로 악령을 불러내는 게임인 위저보드를 하고 있었다는 것이다. 이때 아이들은 "모든 게 다 너의 잘못"이라며 비명을 지르는 여자의 목소리가 머릿속에서 들렸다고 한

다. 사람들은 이 두 사건이 무서운 게임을 하던 학생들의 불안감이 만들어낸 집단 히스테리의 일종이라고 말하지만, 아직 명확하게 밝혀진 사실은 없다.

1962년 1월, 탄자니아의 한 학교에서 일어난 집단 히스테리 사건이다.

여학생들이 웃는 이유는 아무도 몰랐고 그 누구도 강제로 멈추게 할 수 없었다. 당시 159명의 학생 중 95명이 쉬지 않고 웃었으며, 그 중에는 너무 웃어서 구토를 하고 호흡 장애가 오며 실신하는 학생도 있었다. 이 광경을 지켜본 사람들은 분명 아이들이 미친 듯이 웃고 있었지만 행복해 보이지는 않았다고 했다. 결국 학교 측에서는 응급실에 연락하여 실신한 아이를 병원에 보내고 남은 학생들은 집으로 돌려보냈다. 그럼 웃음을 멈출 수 없었던 학생들은 어떻게 됐을까? 대부분의 학생은 몇 시간 정도만 웃다가 웃음이 멈췄지만, 증상이 심한 아이는 무려 16일 동안 쉬지도 못하고 웃기만 했다. 그렇게 이 사건이 발생한 지 5개월 뒤, 잠잠해졌다고 생각한 학교 측에선 다시 수업을 시작하려고 했지만, 다음 달에 또 웃음병이 돌아 결국 휴교하고 만다.

## 4위
# 탄자니아 웃음 전염병

선생님의 말소리와 연필 소리만 들리는 수업 시간. 159명의 여학생은 선생님의 수업을 열심히 듣고 있었다. 그런데 갑자기 몇 명의 학생들이 깔깔대며 미친 듯이 웃기 시작했다. 웃음은 옆에 있던 학생들에게도 급속도로 퍼져나갔다.

## 3위
# 홉킨스빌 고블린 외계인 사건

1955년 8월 21일, 홉킨스빌 농장 근처의 한 경찰서에 성인 5명과 아이 7명이 나타나 이렇게 말했다.

"저, 저희 집에 외계인이 나타났어요! 외계인들은 12명 정도 있었는데, 생긴 건 고블린처럼 생겼고 키는 120cm 정도였

어요. 귀는 여우처럼 뾰족하고 눈은 노랗게 빛났으며, 팔다리가 엄청 얇았죠. 또, 손톱은 날카롭고 몸은 은색 빛깔의 양복을 입은 느낌이었어요."

이 말을 들은 경찰이 믿지 않자, 그들은 더 자세하게 이야기했다. 그들의 말에 따르면, 그날 밤 집에서 쉬고 있던 사람들은 창문 밖을 봤다가 이상한 광경을 목격했다. 당시에 이상한 소리를 내는 수상한 불빛이 하늘을 날아다니고 있었는데, 뭔가 싶어 지켜보고 있던 그때! 집 주변 숲에서 이상한 생명체가 그들을 쳐다보고 있었다. 낯선 생명체의 생김새는 고블린과 비슷했으며 사람들을 신기한 듯 창밖에서 뚫어져라 쳐다봤다. 외계인을 발견한 엘머 서튼과 빌리 레이가 두려움과 공포를 느낀 나머지 총을 쏘기 시작했는데, 총은 쇠에 부딪히는 듯한 캉! 소리가 나며 튕겨져 나갔고 외계인들은 전혀 타격을 입지 않았다.

이내 외계인들은 숲속으로 사라졌다. 사람들은 이제 상황이 끝난 건가 싶어 안심하던 중 어디에선가 또 이상한 소리가 들려왔다. 알고 보니 외계인들은 지붕 위로 올라가 있었고, 이후에도 문 앞을 서성이거나 창문을 통해 숨어있던 가족들을 지켜보고 있었다. 그래서 엘머 서튼과 빌리 레이는 약 4시간 동안 총을 쐈으며, 외계인들은 결국 새벽 5시경 사라졌다. 그날 밤 있었던 내용을 전부 들은 경찰은 위에 보고했다. 정부에서는 이를 조사하기 위해 경찰과 보안관, 군인을 여럿 보냈는데, 현장에는 문과 창문에 수많은 총알 자국밖에 없었고, 1957년 미 공군에서는 이 외계 생명체의 정체가 서커스단에서 탈출한 은색 페인트를 온몸에 칠한 원숭이라는 결론을 발표했다. 당연히 사람들은 이 말을 믿지 않았다. 일부 회의론자들은 마침 사건이 일어나던 날 그

곳에 유성이 떨어졌기 때문에, 목격자들이 그 유성을 보고 너무 흥분하여 집단 히스테리 현상으로 인해 환각을 보게 된 것이라고 주장한다. 현재 이 사건은 UFO 사건의 역사에서 가장 중요하고 문서화가 잘된 사례 중 하나라고 한다.

## 2위
# 로마 댄스 대재앙

1518년 7월 로마 프라우 트로피아, 한 마을에서 한 여성이 대성당 앞 번화가에서 갑자기 정신 나간 사람처럼 춤을 추기 시작했다. 흥겨워 보이던 그녀는 당연히 지나가던 사람들의 이목을 끌게 되고, 사람들은 그녀를 구경

했다. 그러다 하나둘씩 춤을 따라 췄고 그들은 하루 종일 춤을 추게 되었다. 그들의 춤은 멈추지 않았다. 식사를 하거나 볼일을 볼 때에도!

이 소식을 전해 들은 스트라스부르 성주는 부하들을 시켜 춤을 멈추게 하라고 지시했다. 성주의 부하들은 명령대로 춤을 중지시키러 갔지만 그들은 돌아오지 않았고, 그는 또 다른 부하들을 보냈다. 이후, 먼저 간 부하들이 돌아오지 않는 이유를 알아보기 위해 번화가로 간 성주는 상황을 보고 놀랄 수밖에 없었다. 춤을 중지시키러 간 부하들마저 시민들과 어울려 춤을 추고 있었기 때문이었다. 이 광기의 춤은 멈출 줄 모르고 계속되었고, 결국 일부 시민들은 춤을 추다 지쳐 쓰러지거나, 죽어버리기 시작했다. 기록을 보면 그 수

가 무려 400명 정도로 추정되며, 원인은 극도의 신체활동으로 인한 탈진 및 심장마비였다. 그런데 어째서인지 당시 의사들은 성주에게 춤을 막지 않고 장려하는 것이 나라에 도움이 될 것이라고 주장했다. 이에 성주는 번화가에서 멀리 떨어진 곳에 아예 무대를 준비하고 음악가들을 고용해 사람들이 춤을 더 즐길 수 있도록 장소를 마련해 주었다. 하지만 끝내 춤을 추던 시민들은 거의 다 죽어버렸고, 결국 모두 죽고 나서야 이 병은 멈추게 되었다. 훗날, 학자들은 집단적으로 춤을 춘 이유에 대해 당시 가뭄 등으로 과도한 스트레스가 발생하여 일어난 집단 히스테리 사건이라고 주장했다. 일각에서는 콜레라로 인해 고열로 정신 착란이 일어나 발생했다고 주장하는데, 집단 댄스 재앙은 이 사건 이후로 어디에서도 발생하지 않았다.

## 1위
# 세일럼 마녀재판

집단 히스테리 사건 중 가장 악명 높은 사례는 마녀재판 사건이다. 때는 1692년 미국 메사추세츠의 세일럼, 이곳의 목사인 새뮤얼 패리스의 딸인 베티와 조카 윌리엄스가 발작을 일으키고 이상행동을 하기 시작했다. 그는 걱정되어 아이들을 바로 병원에 데려가지만 의사는 증상을 제대로 파악하지 못했고, 결국 한 달이 지나도 아이들이 낫질 않자 이렇게

말했다.

"(하, 이러면 내 명성에 금이 가는데) 크흠, 이…이게 다! 마을에 숨어있는 마녀들 때문이야!"

이후, 두 소녀 외에도 비슷한 발작 증세를 보이는 아이들이 늘어갔고, 사람들은 두 소녀에게 누가 마녀인지 물어보게 된다. 마을 사람들의 계속되는 추궁 때문인지 두 소녀는 결국 노예 출신 하녀인 타투바를 마녀라고 지목했다. 이때, 무슨 이유에선지 타투바는 자신이 소녀들을 저주했으며, 공범이 두 명 더 있다고 주장했다. 결국 길고 긴 추궁 끝에 마녀로 확정된 사람들은 여자 13명, 남자 6명이었고, 그들은 마녀재판에 의해 모두 처형대에서 목이 잘려 죽게 되었다.

당시 사람들은 서로를 믿지 못해 항상 불안해하며 살았다. 이때, 마을을 조사하러 온 사람은 이렇게 말했다고 한다.

"이야. 이게 뭐야! 나라 꼴이 엉망이네? 마녀? 어이가 없다. 저…저 마녀재판 진행한 재판장 불러와."

결국 마녀재판을 진행했던 코튼 매더란 재판장이 잡혔다.

재판장 코튼 매더 목사는 원래 기독교가 창궐하던 당시 영향력이 막강한 가문의 사람이었다. 그는 과학 분야에서 뛰어난 사람이었으며, 법정에서 근거가 부족한 증거가 재판에 사용되는 걸 경고할 정도로 그 당시로서는 정의로운 사람이었다. 하지만 점점 쇠퇴해 가던 목사 왕조를 되살리기 위해 이 마녀재판을 이용하기로 마음먹는다.

당시 마녀를 믿었던 동네 사람들의 민심을 얻기 위해 사람들을 마녀로 몰아 참수형을 내린 것이었다.

결국 이런 잘못된 방식으로 인해 코튼 매더의 가문은 몰락하게 되었다.

마녀재판 사건은 집단 히스테리의 어두운 면을 보여준다. 한 집단이 이상한 신념을 가지게 되면, 끔찍한 결과를 불러올 수 있다는 걸 잘 보여주는 사건이다.

# 일본 요괴 TOP 10

전 세계적으로 거의 모든 나라에서
대대적으로 전해 내려오는 요괴들
이야기가 존재한다. 그중에서도 특
히 일본은 많은 요괴의 이야기가 전
해 내려온다.

## TOP 10 ————————————————————— 갓파

사람과 거북이의 외형을 섞은 듯한 외모, 정수리에 큰 원형 탈모가 있는 괴상한 머리 모양. 입은 새의 부리고 손을 물갈퀴며 거북이 등껍질도 가진 요괴, 갓파. 갓파는 일본 애니메이션에 흔하게 나오는 요괴다. 보통 귀엽고 친숙한 이미지로 나오는데, 실제 갓파의 모습은 그렇지 않다.

갓파의 모습은 일본 지역에 따라 전해 내려오는 모습이 다르다고 하는데, 예를 들어 어떤 지역은 인간과 더욱 닮아 불쾌한 골짜기를 마구 풍겨대는 반면, 어떤 지역은 그냥 무지막지한 괴물 같은 외모를 가지고 있다. 결국 영화에서 본 귀여운 갓파는 없었다. 그리고 우리가 몰랐던 또 한 가지 사실이 있다. 갓파도 착한 성격을 가진 갓파와 나쁜 성격을 가진 갓파가 있다는 것이다. 우선 착한 갓파에 대해 알아보면, 엄청나게 더운 한여름에 강가나 계곡에 놀러가는 사람들이 많다. 이런 물가에서 사람들이 놀고 있다 보면 갑자기 어디선가 갓파가 나타나는데 어른보다는 주로 아이들에게 접근한다. 이때 갓파는 아이들에게 가서 힘겨루기를 하며 장난을 친 뒤 자신이 제일 좋아하는 "오이"를 나눠주며 함께 먹는 것을 좋아한다. 이러한 이야기 때문인지 일본에서는 오이만 들어간 김밥을 "갓파마키"라고 부르며, 옛날부터 밭에서 오이가 사라지면 당연히 갓파가 훔쳐 갔다고 생각했다. 그럼 나쁜 갓파에 대해 알아보자. 이 갓파는 무서운 요괴다. 강이나 계곡의 물속에 숨어 아이들이 노는 모습을 지켜보다가 뒤에서 몰래 접근한다. 그리고는 아이들의 항문을 통해 혼을 빼먹는다. 일본에서는 이 상황을 "물에서 노는 아이의 엉덩이 구슬을 빼간다"라고도 표현하는데, 갓파에게 엉덩이 구슬을 빼앗기면 죽거나 평생 넋이 나간 사람처럼 되어버린다.

## TOP 9 ———————————————————— 쵸진오바케

쵸진오바케는 등불에 영혼이 깃들어 요괴가 된 경우다. 일본에서는 옛날부터 등불을 워낙 많이 사용하다 보니 쵸진오바케 또한 대중적으로 유명하다. 쵸진오바케는 등불에 큰 눈과 입이 달려있는 것이 가장 큰 특징이며, 대체로 무서운 이미지보다는 귀엽고 개구쟁이의 모습을 하고 있다. 에도 시대 이후부터 여러 작품에 출연하며 기록되어 온 요괴지만, 사실상 쵸진오바케에 대한 구체적인 이야기는 전승되지 않았다. 언젠가 야마가타현

의 오래된 등불이 있던 신사에서 쵸진오바케가 나타나 사람들을 위협했는데, 등불을 없애니 더 이상 나타나지 않았다는 전승만 있을 뿐이다. 일각에서는 쵸진오바케가 그저 아이들의 동심을 위해 만들어진 가상의 요괴라는 주장을 한다.

## TOP 8 ——————————————————— 우미보즈

옛 일본 사람들은 바다를 항해하던 중 어두운 밤 거인의 그림자를 봤다고 한다. 이 요괴의 이름은 우미보즈. 우미는 일본어로 바다, 보즈는 스님을 뜻하는데 이러한 이름을 가지게 된 이유가 있다. 우미보즈의 모습이 대머리 거인 같은 형상을 띄기 때문이다. 우미보즈는 무시무시한 요괴다. 이 요괴는 어두운 밤바다에 갑자기 나타나 항해하는 배를 침몰시켜버린다. 나타날 때 기괴하고 소름 끼치는 울음소리를 낸다는데, 한번 상상해 봐라. 아무것도 안 보이는 어두운 바다를 항해하던 중, 눈앞에 거인 같은 실루엣이 나타나 공포스러운 울음소리까지 크게 낸다면 아마 그 자리에서 얼어붙을 것이다. 그런데 어떤 사람들은 우미보즈란 요괴는 없으며 그저 사람 모양의 비구름을 잘못 본 것 아니냐고 말한다. 아니면 인류가 아직 발견하지 못한 거대한 해양 생물일지도 모른다고 한다. 우미보즈에 대해 어떻게 생각하는가? 만약 배를 타고 이동하던 중 우미보즈가 나타난다면 얼른 담배를 피워야 한다. 이 요괴의 약점은 담배 연기이며 만약 우미보즈를 만났을 때 담배가 있다면 살아남을 수 있다고 한다.

## TOP 7 ———————————————————— 카라카사

일본에는 "츠쿠모가미"라는 요괴들이 있다. 츠쿠모가미는 오래된 물건에 영혼이나 신이 깃들어 태어난 요괴들이다. 츠쿠모가미는 에도 시대 이후로 여러 이야기가 전해져 내려오는데, 카라카사도 그중 하나이다. 카라카사는 우산이 요괴가 된 경우로 얼굴에 외눈과 긴 혀가 달려있으며 두 개의 팔과 한 개의 다리를 가지고 있다. 카라카사도 일본에서 인지도가 높은 요괴다. 옛날 옛적 일본 니가타현 사사카미무라라는 마을에서 마을 사람이 길을 지나가던 중 갑자기 숲에서 카라카사가 나타났다는 이야기가 있다. 이 요괴는 틈만 나면 거짓말을 했다고 한다.

## TOP 6 ———————————————————— 누리카베

슈퍼마리오 게임을 한 적 있는가? 그 게임에서 벽으로 된 악당이 있다. 공중에 떴다가 땅을 내려찍으며 슈퍼마리오를 괴롭히는 악당인데, 지금 소개할 누리카베도 벽처럼 생긴 요괴다. 평소엔 지나다니는 길이지만 누리카베는 어두운 밤 갑자기 길에 나타나 지나가는 사람들을 가로막는다. 만약 누리카베를 피해 옆으로 돌아가려 하면 벽이 끝없이 늘어나 절대 이 요괴를 지나쳐 갈 수 없다. 누리카베는 항상 졸린 눈을 하고 있는데 피곤한 표정으로 사람들을 괴롭힌다. 만약 길을 걷다 누리카베를 만났다면 한 가지만 기억하자. 누리카베는 하체 밑쪽 부분이 약점이다. 따라서 지팡이 같은 물건으로 밑부분을 치면 사라질 것이다. 그런데 만약 머리나 몸통 등 엄한 곳을 때린다면 평생 이 요괴에게 길을 가로막혀 길거리에서 죽게 될지도 모른다.

## TOP 5 —————————————————————— 쿠단

일본에서 미지의 생물이자 요괴로 불리는 쿠단. 얼굴은 인간이며 몸은 소의 형태로 그리스로마신화에 나오는 미노타우로스와 정반대인 요괴다. 메이지 시대에 태어난 쿠단을 잡아 박제시킨 모형이 있으며, 그 쿠단은 태어난 지 31일이 되던 날 메이지 37년에 일어난 전쟁을 예언한 후 숨졌다고 한다. 이 박제는 나가사키 박물관에 전시되어 쇼와 시대까지 보관되었으나 박물관의 이사 도중 갑자기 사라져버렸다고 한다. 쿠단은 주로 규슈 지방에서 나타나는데, 인간이 아닌 소에게서 태어나며 태어난 직후 예언을 남기고는 일주일 내로 사망한다. 신기한 점은, 쿠단이 죽기 직전 말하는 예언들은 반드시 실현된다고 한다. 예언의 내용들은 주로 전염병, 자연재해 등 안 좋은 일이 대다수이다.

## TOP 4 ————————————————————— 빈보오가미

주로 부잣집에 들러붙는 요괴가 있다? 특히 돈이 넘쳐나지만 인정이 없어 베풀 줄 모르는 집안에 들러붙는 요괴가 있는데 바로 빈보오가미다. 철썩 들러붙는 빈대처럼 그 집이 파산하기 전까지 절대로 떠나지 않는다고 알려진 가난뱅이의 신. 하지만 여기서 끝이 아니다. 빈보오가미가 더 무서운 이유는 나타나는 순간 집안에 온갖 불행과 질병도 같이 따라오기 때문이다. 신기하게도 에도 시대 후기에 쓰인 수필 "담해"의 12권에 보면 빈보오가미를 목격한 사람의 이야기가 있는데, 그는 빈보오가미를 딱 두 번 봤다고 한다. 빈보오가미가 집에 찾아올 때와 집을 떠날 때. 이 요괴가 찾아온 집에 살고 있는 사람들은 무슨 일을 해도 잘 안 풀렸고 생활고에 시달렸다고 한다. 그러다 빈보오가미가 집을 떠날 때 자신의 정체를 밝혔는데, 그 이후부터는 일이 잘 풀리고 앓고 있던 질병도 사라졌으며 망했던 집안도 조금씩 나아졌다고 전해진다.

## TOP 3 _____ 테나가아시나가

테나가아시나가는 옛날부터 전승되어 오는 요괴이자 거인이다. 이 요괴는 도호쿠 지방의 야마가타현 북쪽에 있는 초카이산에서 살았다고 전해지며 에도 시대의 백과사전인 화한삼재도회(和漢三才圖繪)에도 기록되어있다. 특이한 점은 테나가아시나가라는 이름이 두 거인의 이름을 합친 건데, 서로 공생관계 같은 느낌이었다고 한다. "테나가"는 다리는 짧지만 팔이 엄청나게 길었으며 "아시나가"는 팔이 짧고 다리가 매우 길었기 때문에 아시나가가 테나가를 엎고 돌아다녔다고 한다. 이 둘은 평소 바다에서 물고기를 사냥하며 살았지만 성격이 난폭하고 잔인하여 나쁜 짓을 자주 저질렀다. 예를 들어 바다를 떠돌던 배를 습격하거나 눈에 보이는 사람을 마구잡이로 잡아먹었다고 한다. 그리고 테나가아시나가가 출몰하면 항상 날씨가 변했다고 한다.

## TOP 2 _____ 효스베

효스베는 주로 일본 사가현을 중심으로 한 규슈지방에서 전해 내려오는 요괴다. 효스베는 온몸이 털로 뒤덮여있지만 위쪽 머리만 없는 요괴며 앞서 소개한 갓파와 같이 물에서 살고 있다. 어떤 지역에서는 아예 효스베와 갓파를 합쳐서 부르기도 한다. 둘의 차이점으로 갓파는 오이를 좋아하면 효스베는 가지를 좋아한다. 어떤 사람들은 효스베의 생김새가 웃겨서 그런지 재밌는 요괴로 생각하지만, 그의 온몸에 난 털에는 독성이 있어 효스베의 털에 닿은 말이 맥없이 죽어버린 사례가 있다고 한다. 또한, 이 요괴는 "효~ 효~ 효~" 하고 소름 끼치게 웃는데, 이때 반드시 귀를 막아야 한다. 만약 이 웃음소리를 듣게 된다면 그 사람은 알 수 없는 병에 걸리고 웃고 싶지 않아도 강제로 웃게 되는 기묘한 증상을 겪게 된다. 그런데 문제는 웃음을 멈출 수 없어 죽기 직전까지 웃다가 숨이 멎는다.

## TOP 1 _____ 누라리횬

백귀야행이란 단어를 아는가? 백귀야행은 요괴들이 아주 늦은 새벽, 사람들이 사는 마을에 나타나 집단으로 행진하는 행위다. 그 백귀야행을 인솔하고 통제하는 대장급 요괴가 바로 누라리횬이다. 생김새는 일본의 전통 의류인 유카타를 입었으며 인자한 웃음을 짓고 있는 할아버지의 모습이다. 그런데 뒷통수가 에일리언처럼 길게 뻗어 나와 묘하게 징그럽게 생겼다. 그는 참 뻔뻔한 요괴다. 누라리횬이 처음 나타난 지역은 오카야마현과 아키타현으로 알려져 있는데, 그는 항상 여기저기 일본 전국을 돌아다니며 방랑자 생활을 한다. 그럼 잘 곳이나 먹을 건 어떻게 구하는지 궁금할 것이다. 누라리횬은 모르는 사람의 집에 마음대로 들어가 집에 있던 차를 마시거나 과자를 먹는 등 집주인 행세를 한다. 그런데 인간이 보기엔 그 장면이 얼마나 자연스러운지 누라리횬이 어느 날 갑자기 집에 들어와 있어도 그의 존재를 의심하지 않는다고 한다. 또한, 그의 이름인 누라리횬은 "이리저리 종잡을 수 없는 요괴"라는 뜻으로 일본에서 제작된 영화 "간츠: O"에서도 매우 강력한 몬스터로 등장한다.

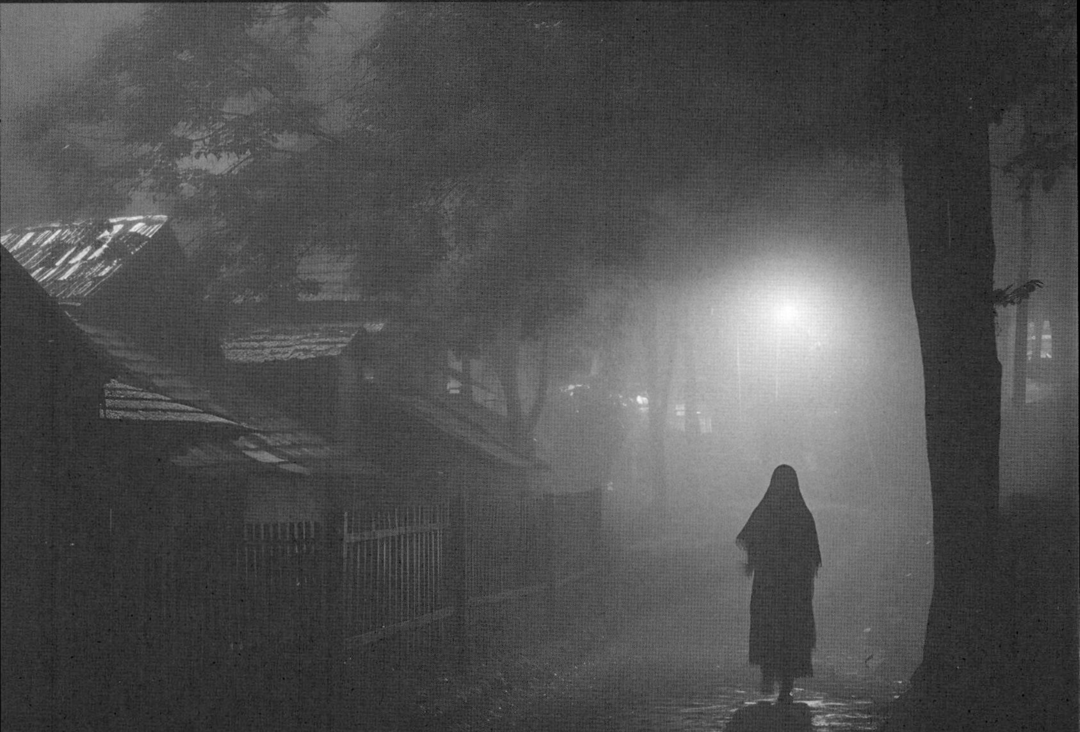

# 로어 모음

LORE

믿기 힘들지만 설득력 있는 이야기
출처를 알 수 없지만 사실로 구전되는 소름 돋는 이야기

### 첫 번째 이야기
# 지구 종말

지구엔 수많은 종교가 존재한다. 그리고 각 종교는 각자의 교리마다 지구 종말에 대한 내용이 언급되어있다.

　기독교: 추후에 불의 심판이 있으리라.
　부두교: 불과 돌이 이 세상의 끝이자 시작이다.
　천주교: 최후의 심판은 불로 끝날 것이다.
　이슬람교: 신의 불로 모든 걸 멸망시킨다.
　불교: 천상과 지옥에서 올라온 차륜이 지상에서 돌 것이다.

　종교마다 말하는 공통점을 찾았는가? 그건 바로 불과 돌이 자주 언급된다는 것이다. 현재 사람들은 각 종교에서 말하는 내용들이 지구에 떨어지는 운석 충돌, 행성 파괴와 관련되어있다고 추측한다.

### 두 번째 이야기
# 귀자

귀자를 아는가? 귀자란 귀신을 부릴 수 있는 사람을 말한다. 귀자는 살면서 3번의 환생을 하는데 한 번 환생할 때마다 300년을 살다 죽는다. 그럼 귀자는 300년씩 3번, 총 900년을 살다가 더 이상 환생할 수 없어 사라지고 마는데 실제로 귀자는 1000년의 세월을 산다고 전해진다. 왜 100년을 더 사는 걸까?

900년간 귀신을 부리며 영적인 존재와 교감하던 귀자는 3번의 환생을 모두 끝내면 자신들 또한 100년을 귀신으로 살다가 소멸한다. 지금 이 글을 읽고 있는 당신도 나머지 100년을 살아가는 귀자일지도 모른다.

### 세 번째 이야기
## 의문의 남성

1970년대 영국 런던 베이커가 근처에 있는 리젠트 공원에 의문의 남성이 나타난다. 이 남성은 심각할 정도로 얼굴이 창백하고 큰 병을 앓고 있는 사람처럼 힘없이 비틀비틀 걸었는데, 얼마 못 가 땅에 쓰러졌다. 당시 공원엔 사람들이 꽤 있어서 쓰러진 남성을 보고 하나 둘 모여 상태를 확인했지만 특별히 심각한 외

상은 찾을 수 없었다. 그런데 호흡을 확인해보니 남성은 이미 사망한 상태였다. 이후 신고를 받고 출동한 응급구조원들이 남성을 병원으로 옮겼고, 병원에서는 신원이 확인되지 않는 이 남성에게서 신종 전염병을 우려해 시체를 부검하게 된다. 그런데 생각지도 못한 충격적인 사실이 밝혀졌다. 힘없이 겨우 걸어다니던 이 남성은 뇌가 70% 가량 없어진 상태였다.

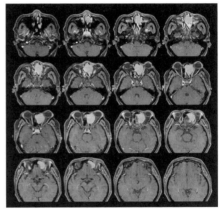

### 네 번째 이야기
## 바퀴벌레

대부분의 사람들이 싫어하고 혐오하는 바퀴벌레. 바퀴벌레는 심지어 생명력까지 엄청 강해 사람들이 매우 기피하는 대상이다. 바퀴벌레의 끈질긴 생명력으로 알 수 있는 것은 몸속에 아무 영양소도 섭취하지 않은 채 한 달을 버틸 수 있으며, 머리가 잘려나가도 일주

일 정도 살아있는다. 바퀴벌레의 소화 능력도 대단한데, 지구상에 존재하는 거의 모든 음식을 먹어도 문제없다고 한다. 그럼에도 그들의 주식은 사람이 먹다 남긴 음식물 쓰레기로 알려져 있다. 만약 집이 엄청나게 깔끔하고 음식물 쓰레기도 그때그때 바로 처리하는데 자꾸 어디선가 바퀴벌레가 나타난다면? 그건 밤마다 자고 있는 당신의 피부 껍질을 먹고 있다는 뜻이다.

## 다섯 번째 이야기
### 화장터 아저씨의 경험담

사람이 죽으면 대부분 화장을 한다. 한국에도 여러 화장터가 있다. 대부분의 사람이 이용하는 화장터에서는 시신을 관속에 넣어 화장을 진행하며 유가족도 볼 수 있게 되어있다. 하지만 일부 화장터에서는 직원들만 볼 수 있게 창문이 달려있는데, 어느 날 화장터에서 일하는 옆집 아저씨가 한 소년에게 자신의 경험담을 이야기해주었다.

"내가 신입으로 고인을 모시는 회사에 입사했던 시절에 우리 회사는 화장이 진행되는 과정을 직원들만 볼 수 있도록 창문이 달려있었어. 근데 내가 그런 경험은 처음 해봐서 막 궁금증이 생기는 거야. 그래서 창문 안쪽을 뚫어져라 쳐다보고 있었어. 그런데 관이 다 탔을 때쯤 갑자기 시신이 벌떡 일어나는 거야. 나는 깜짝 놀라서 윗사람한테 아직

화장터 안에 있는 사람이 살아있는 것 같다고 말했지. 근데 상사는 흔히 겪어본 일인 양 침착한 목소리로 이렇게 말했어. 인간의 시체는 불이 붙으면 근육과 피부가 수축되어 원래 벌떡 일어나게 돼있다고."

소년은 그 말을 듣고 아저씨가 정말 놀랄 만했다고 생각했다. 그래서 아저씨를 위로하며 자신 같아도 무서웠을 것 같다고 말하니 아저씨는 이렇게 대답했다.

"지금은 시간이 많이 지나기도 했고 익숙해져서 뭐 아무렇지도 않아. 그런데 아직도 이해가 안 되고 미스터리한 사실이 하나 있어. 가끔 화장터 안쪽 벽에 사람이 손톱으로 미친 듯이 긁은 듯한 자국들이 남아있어. 원인은 알 수 없지만 그래도 소름 돋아."

## 여섯 번째 이야기
### 영혼의 무게

진짜 영혼은 존재할까? 이는 아주 먼 옛날 사람들도 궁금해하던 사실이다. 그러던 1900년대의 어느 날, 미국에 살던 한 과학자는 자신이 영혼의 무게를 측정했다며 놀라운 사실을 발표했다. 그가 진행한 실험 과정은 이러했다. 영혼 무게 측정 실험 대상으로 적합하다고 판별된 살날이 얼마 남지 않은 환자들을 직접 심사숙고하여 선별한 다음, 그들이 죽는 순간에 실험을 진행했다. 그렇게 피실험자들이 자연사할 때 죽기 직전과 죽은 후의 무게

를 계산해 봤더니 28g의 차이가 측정되었다. 여러 가지 변수를 생각해 적용한 뒤에도 과학적으로 설명할 수 없는 21g의 무게를 영혼의 무게라고 발표했다.

## 일곱 번째 이야기
# 유성생식

서로 다른 성별의 생식세포가 유전자를 결합하여 아이를 낳을 수 있다? 이건 실제로 일어나는 번식 방법이다. 이를 유성생식이라고 하는데, 인간을 비롯한 여러 동물이 유성생식으로 대를 이어가고 있다. 그러던 어느 날, 어떤 곤충이 특정 박테리아에 감염되면 수컷이 암컷으로 변한다는 사실이 발견돼 학계에 큰 충격을 가져다주었다. 이때, 암컷으로 변한 곤충의 유전적 특성은 여전히 수컷이지만 암컷처럼 행동하며 또 다른 수컷과 교미해 자신과 같은 '수컷의 유전적 특성을 가진 암컷'을 번식한다고 한다. 현재까지 밝혀진 바로는 극히 일부의 곤충에게서만 이러한 사례가 발견되었는데, 과연 당신은 이 박테리아가 곤충이 아닌 인간에게도 감염될 수 있을 거라는 생각은 안 드는가? 만약 그렇게 된다면 세상엔 여성으로 변해버린 남성이 존재할 것이며 그가 임신하여 낳은 아이도 남성의 특성을 지닌 여성일 것이다. 이후 그 수가 걷잡을 수 없이 늘어난다면…. 다음은 당신의 상상에 맡기겠다.

## 여덟 번째 이야기
# 나쁜 습관 종이

세상엔 여러 미신이 있다. 1990년대 초반, 일본에선 수많은 미신 중에서도 나쁜 습관 종이라는 미신이 가장 유명했다. 이 미신은 작은 종이에다 자신의 나쁜 습관이나 잊고 싶은 기억을 빨간 펜으로 적은 후 밤12시 정각에 땅속에 묻으면 사라진다는 내용이었다. 워낙 소문이 자자하다 보니 많은 사람이 따라했고, 그때 당시 땅속에서 빨간 글씨가 적힌 종이가 많이 발견되었다. 그러던 중 이 미신과 관련해 충격적인 사건이 발생한다. 어느 날 일본의 한 공원에서 수백 장이 넘는 종이가 발견된 것이다. 땅에 묻혀 있던 종이의 양을 금액으로 환산해 보니 한국 돈으로 300만 원이 넘는 수준이었다고 하는데, 그 수많은 종이엔 빨간 글씨로 단 한 남성의 이름만 적혀있었다. 이 사건은 이별의 슬픔을 견디지 못하고 미쳐버린 어떤 여성의 행동으로 추측되었는데 한때 엄청난 화제가 되어 뉴스에도 나올 정도였다. 이 사건을 이후로 나쁜 습관 종이를 따라하려는 사람들은 없어졌다고 한다.

## 아홉 번째 이야기
# 마을의 유명 마술사

17세기 후반, 프랑스의 어느 작은 마을에 유명한 거짓말쟁이가 살았다고 한다. 그는 길을

가다 마을 사람들을 만나면 이상한 농담만 할 뿐이었지만 꾸준히 자신을 마술사라고 소개했다. 그럴 때마다 주민들은 개구쟁이인 그가 또 웃음을 주려 장난을 친다고 생각했다. 그러던 어느 날, 유쾌하던 거짓말쟁이가 죽어버리고 만다.

평소 거짓말이나 하며 틈만 나면 장난을 치는 사람이었지만 그래도 밝고 유쾌한 성격 덕에 마을 사람들과 잘 지냈었다. 그래서 그런지 마을 사람들은 그의 사망 소식을 듣고 안타까워했고 슬퍼서 우는 사람도 있었다. 그런데 얼마 지나지 않아 사람들은 놀라운 사실을 깨닫게 된다. 그것은 바로 마을의 어떤 누구도 죽은 거짓말쟁이의 이름, 말투와 행동, 그리고 그의 얼굴까지 모든 것을 기억할 수 없다는 사실을! 모두에게 그의 존재는 흐릿하게 기억될 뿐이었다.

**열 번째 이야기**
# 미국의 지하도시

미국 시애틀에는 언더그라운드 투어라는 관광 상품이 존재한다. 이 투어는 미국의 한 호텔에서 운영하고 있는 지하탐험으로 미국 시애틀의 지하에 실존하는 옛날 도심을 탐험하는 투어다. 근데 시애틀에는 왜 지하도시가 있는 걸까? 19세기 당시 시애틀의 하수도 시설은 굉장히 수준 낮았으며 지형 자체가 낮아 수압이 좋지 않았다. 그래서 변기의 물이 넘쳐버리거나 하수도 배관이 역류하는 등 도시 전체가 더럽고 비위생적이었다. 게다가 1889년엔 시애틀의 건물들이 대부분 나무로 이루어진 목조 건물이었는데, 어쩌다 큰 화재가 발생하며 도시의 대부분이 불타 없어졌기 때문에 미 정부는 시애틀이란 마을을 다시 세우는 동시에 하수도 시설까지 해결하기 위한 방법을 생각해냈다. 그것은 바로 화재로 사라진 도시를 땅속에 통째로 묻어버린 뒤, 그 위에 새로운 건물을 건축하는 엄청난 규모의 도시개발.

실제로 현재 미국의 시애틀은 옛날에 사람들이 살던 도시 위에 세워진 땅이다. 지금도 시애틀에 가면 언더그라운드 투어를 통해 옛 도심을 구경할 수 있다. 그런데 이 지하도시에 한 가지 괴담이 존재한다.

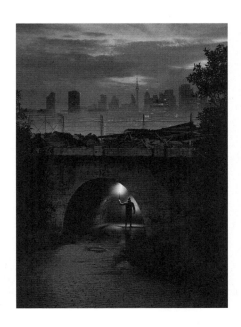

현재는 아무도 살지 않는 미국의 지하도시에 바깥세상 사람들 몰래 생활하는 두더지 인간이 있다. 아무래도 한 명이 아닌 여러 명이 같이 지내는 거 같은데 두더지 인간은 자신들만의 독자적인 의사소통과 생활 방식을 구축하여 미국의 가장 깊은 지하 속에서 눈에 띄지 않게 살아가고 있다.

## 열한 번째 이야기
# 동물의 지능

평소 개나 고양이 등 반려동물을 키우는 사람이라면 이런 생각을 한 번쯤 해봤을 것이다.
 "동물들은 무슨 생각을 할까?"
 동물들은 저마다 어느 정도의 지능을 가지고 있다. 어느 날 아일랜드 더블린에 살고 있던 사이먼이란 남성이 동물의 지능에 흥미를 느꼈다. 사이먼은 워낙 천재적이라 어릴 때부터 머리가 좋다는 소리를 많이 들어왔고, 그런 그가 동물의 지능에 관심을 갖게 되었으니 주변에선 기대하기 시작했다. 사이먼이라면 동물의 지능이 어느 정도인지 알아낼 수 있을지도 모른다며 말이다. 사이먼은 연구를 시작했다. 연구 대상이 된 생물은 개, 문어, 침팬지, 코끼리, 앵무새, 개미, 범고래 등 꽤 많았다. 하지만 어느 날, 돌연 그가 집안에서 자살한 채 발견됐다. 평소 사이먼은 자살할 이유가 하나도 없었다. 그렇게 마을 사람들이 그의 죽음에 의아해하던 도중 사이먼이 죽기 전

자신의 책상에 남겨둔 유서가 발견되었다.

 동물 지능 실험을 통해 알게 된 사실이 있다. 우선, 인간의 지능이 제일 뛰어나고 영리하다고 말할 수 없다. 우리는 높은 지능과 그를 받쳐주는 손과 발이 동시에 진화하며 발달했기 때문에 모든 동물 중에서도 포식자, 지배자가 될 수 있었다. 하지만 내가 연구한 결과로는 연구 대상에 있던 동물 중 인간과 같은 신체조건을 가지게 되었을 때, 우리가 그중 최상위 수준이라고 말할 수 없었다. 아마 동일한 신체가 주어졌다면 인간은 지금처럼 살아남을 수 없었을지도 모른다. 또한, 제일 본성이 사악한 동물은 XXX라는 결과가 나왔다. 그들에게 만약 손과 손가락이 존재했다면 지구상에 있는 동물들을 유흥거리로 갖고 놀다 죽이기도 하며 세상에 종말을 가져왔을 것이다.

## 열두 번째 이야기
# 일본군

전쟁에서 가장 중요한 것은 보급이라는 말이 있다. 오죽하면 "작전에 실패한 지휘관은 용서할 수 있어도, 보급에 실패한 지휘관은 용서받을 수 없다"라는 말이 있으니깐 말이다. 그런데 1940년대 태평양 전쟁 당시, 전쟁의 막바지에 다다르며 일본군들의 물자 보급이 끊겨버리고 말았다. 전쟁을 하느라 몸도 마음

도 지친 상태에서 보급이 끊겨 먹을 것조차 없었다. 전쟁통에서 그 처참한 상황을 겪으며 하루하루 굶고 있는 상황 속 일부 일본군은 이런 생각을 하게 된다.

"죽기 싫으면 식인이라도 하자."

나중에 살아남은 생존자들의 증언에 따르면, 기진맥진하여 총 쏠 힘도 남아있지 않던 일본군은 전쟁 중에 잡힌 포로들을 최우선으로 잡아먹었다고 한다. 그러나 전쟁은 끝나지 않았고 잡아먹을 포로도 부족해지자, 그들은 자신들이 점령한 식민지에서 강제 징병한 사람들을 잡아먹었다. 그렇게 자신들과 다른 민족을 살해하며 겨우겨우 전쟁을 유지해나가던 일본군. 하지만 위에선 계속해서 명령이 내려왔고, 결국 어떻게든 전쟁에 참여해야 했던 일본군들은 자신들 중 계급이 낮은 병사부터 잡아먹었다고 한다.

**열세 번째 이야기**
## 비차

인류는 언제나 새처럼 하늘을 날고 싶다는 로망을 꿈꿔왔다. 얼마나 자유롭고 평화로워 보이는가. 처음 비행기를 제작한 사람은 미국의 라이트 형제다. 라이트 형제는 1903년 12월 17일, 자신들이 개발한 동력 비행기를 12초 동안 비행시키는데 성공했다. 하지만 조선에는 그보다 더 예전부터 하늘을 나는 수단이 있었다. 행글라이더 형식의 비행 수단 "비차." 조선

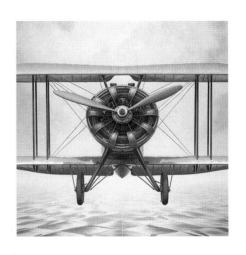

후기에 쓰인 글에 따르면, 이는 비차 혹은 비거라고 부르며 임진왜란 때도 사용되었다고 한다. 진주성 전투 당시 외부와 연락하기 위해 비차를 사용하거나 성에 갇혀있던 성주를 비차로 탈출시키는데 성공했다고 전해진다. 또한, 산불이 나면 비차에 물을 실어 불을 끄기도 하고 전투기처럼 공중에서 폭격을 하기도 했다. 이게 사실이라면 역사에 한 획을 그을만큼 놀라운 일이지만 비차가 무슨 원리로 작동하고 하늘을 날았는지, 자세하게 어떤 외형의 비행 물체인지 설계도 같은 게 남아있지 않아 100% 확신하지는 못하고 있다. 그저 여러 나라의 역사서에서 언급되어있을 뿐.

**열네 번째 이야기**
## 수상한 노파

캐나다의 외딴 숲속 마을에 이상한 벽돌집이

하나 있었다고 한다. 이 마을은 인구수가 적은 자그마한 동네여서 주민들끼리 친하게 지냈는데, 유독 이 벽돌집의 노파는 사람들에게 미움을 샀다. 왜냐하면 그는 평소 성격이 난폭하고 어딘가 수상하다고 유명했기 때문이다. 마을엔 이런 소문까지 돌았다.

"노파는 심술이 고약해 자신의 집에 들어오는 모든 걸 찢어버리며 심지어 사람까지 찢는다."

그러던 어느 날, 마을에서 한 소년이 실종되었다. 마을 사람들은 하나같이 다들 노파를 의심하며 그의 집으로 찾아갔다. 사람들이 문을 두드리자 노파는 몇 분 뒤 나왔고 실종된 아이는 자신도 모르는 일이니 썩 꺼지라고 말했다. 마을엔 딱히 용의자로 지목할 만한 사람도 없었지만 그렇다고 노파가 범인이라는 증거도 없었다. 결국 소년은 다시 돌아오지

않았고 범인도 붙잡지 못했다. 그런데 그 뒤로도 아이들이 하나둘 사라지기 시작했다. 결국 폭발한 마을 사람들은 이번엔 노파의 집을 막무가내로 쳐들어가서 집안 곳곳을 뒤져보았다. 그런데 어디 갔는지 노파는 집에 없었으며 집안엔 오래된 책들과 낡아서 망가져가는 도구들뿐이었다. 그러던 중 누군가 책의 내용이 궁금해 읽어봤는데 글의 내용은 전부 인간의 신체를 젊게 되돌리는 법, 의학과 건강에 관한 글들이었고 그중에는 아이를 잡아먹으면 신체가 젊어진다는 충격적인 내용도 있었다. 이후, 사람들은 설마설마하는 마음으로 노파의 방에 들어갔는데 그곳엔 사라졌던 아이들이 손발이 묶인 채 잡혀 있었고 방 한가운데에 있던 침대에는 갓난아기 한 명이 누워서 울고 있었다. 그리고 노파는 영원히 찾아볼 수 없었다.

## 열다섯 번째 이야기
# 오른팔

최근 미국에 살고 있던 한 남성이 오토바이를 타다가 차와 부딪혀 큰 사고가 났다. 그는 사고로 인해 오른쪽 팔을 절단해야만 했는데, 이상한 점은 그는 이제 오른팔이 없지만 오른팔에 감각이 느껴진다고 했다. 분명히 사라져 버린 오른팔이 간지럽거나 시리다고 하며 때로는 아프다고 말했다. 이 미스터리한 증상은 아마도 환상통 때문인 것으로 추측된다. 신경통증이라 불리는 현상 중에서도 매우 미스터리하고 알 수 없는 병인 환상통은 신체에 아무런 접촉이 없지만 신경계가 오작동을 일으켜 고통을 느끼도록 만드는 것이다. 이 남성도 환상통 때문에 없어진 오른팔에서도 고통을 느낀다고 봤는데 한 가지 섬뜩한 사실은, 가끔 남성의 없어진 오른팔을 어떤 차가운 손이 계속해서 끌어당긴다고 한다.

## 열여섯 번째 이야기
# 하수도

미국처럼 크고 인구도 많은 나라의 하수도에는 어떤 것들이 흘러다닐까? 어느 날 미국의 한 지역을 조사해봤다. 하수도에 흐르는 물의 성분과 어떤 것들이 떠내려오는지 알아보니 50% 이상이 인간과 동물의 배설물이었다. 그리고 나머지 40%는 일상생활에 쓰이는 휴지나 물티슈, 쓰레기와 사람의 머리카락이었다. 그리고 남은 10%는 사람의 혈액이었다. 그런데 여기서 이상한 점이 있다. 사람이 평소 변기에 피를 버리는 일이 있을까? 아마 코피나 상처 등에서 나온 피를 닦은 휴지가 전부일 것이다. 하지만 조사원들은 이런 일상생활에서 나오는 혈액의 양이 하수도 물의 10%나 차지할 수 없다고 판단하였다. 그렇다면 나머지 혈액은 어디서 어떤 이유로 발생한 누구의 피일까?

## 열일곱 번째 이야기
# 모스부호

1941년 12월 7일 일요일 아침. 일본 해군의 항공모함 6척이 미국 태평양 함대의 기지가 있는 진주만을 공습한다. 이때 수많은 미국 함선이 침몰되고 말았는데, 함선에 타고 있던 많은 사람은 어찌할 새도 없이 폭격과 함께 바다 깊숙한 곳으로 수장되었다. 그런데 사건 당일 미국 함선에서 한 해병이 모스부호로 구조요청을 보냈다. 하지만 밖에 있던 미군도 공습에 대응하느라 너무 바빴고 구조할 여건이 안 되어 답장을 하지 않았다. 결국 함선의 모든 인원은 전멸. 분명 모든 연락이 두절 돼야 하는 상황. 하지만 함선의 모스부호는 지금까지도 하와이 군사기지에 보내지고 있다.

# 외계인에 대한 재밌는 가설 5가지 (페르미 역설)

최근에 미국이 충격적인 발표를 했다. 그것은 바로 UFO가 실존한다는 것. 미국의 국방부는 미확인비행물체의 포착 영상을 공개하며, 실제로 미확인 비행현상(UAP)을 목격했지만 그

들이 어디서 왔는지의 기원은 아직 미스터리라고 밝혔다. 또 공중에서 확인된 UFO의 특징이 있는데 일부 비행 물체에서는 기계를 움직이게 하는 추진 수단을 구분할 수 없었고, 어떤 것은 바람이나 중력의 영향을 받지 않는 듯 자유롭게 움직인다고 한다. 일부는 엄청난 속도의 초음속으로 비행했다고 전해지지만 UAP(미확인 비행현상)의 주인공이 외계인이라는 주장에 대해선 미 해군정보국 부국장인 스콧 브레이가 이를 일축했다.

스콧 브레이: UAP의 기원이 외계인이라는 사실을 암시하는 어떠한 증거물도 발견하지 못했습니다. 또한, 물리적으로 설명할 수 없는 잔해가 발견되지 않았으며, 군용기 조종사가 UAP와 통신을 시도한 적도 없기 때문에 미확인비행물체가 외계인의 것이라고 말씀드리긴 힘들 것 같습니다.

미국이 UFO의 존재를 인정한 것은 굉장히 놀라운 일이지만 외계인의 존재는 아직 인정하지 않고 있다. 그럼 이번엔 외계인에 대해 파헤쳐보는 "페르미 역설"을 알아보자. 1950년 무더운 여름날, 4명의 유명한 과학자가 함께 점심식사를 하고 있었다. 이들은 우주와 외계문명에 대한 주제로 대화를 나누고 있었는데 결국 이렇게 결론이 났다.

"우주의 크기와 나이를 생각해보면, 인류와 같은 고등 외계문명도 당연히 우주 어딘가에 존재할 것이다. 진짜 외계인이 존재한다면 그 중 지구보다 훨씬 오래전부터 존재해온 선구자 문명도 있을 것이며, 그들의 일부는 이미 지구에 와있을 것이다."

하지만 지구에 외계인으로 추정되는 생물은 포착되지 않았기 때문에 페르미는 나머지 세 명의 물리학자에게 이런 질문을 했다.

"그렇다면 그 외계문명은 도대체 어디에 존재하는가?"

이 질문이 바로 페르미 역설로 지구의 많은 과학자가 이 역설을 풀기 위해 노력했다. 그러다 보니 이 과정에서 수많은 이론과 추측이 생겨났는데, 현재 여러 사람의 지지를 받는 대표적인 의견들을 알아보자.

## 첫 번째 가설, 외계인은 이미 우리와 섞여 지내고 있다.

영화 맨 인 블랙을 보면, J요원과 K요원이 외계인을 잡으러 다닌다. 이 세계에는 인간들과 평화롭게 지내는 착한 외계인, 그리고 사고나 치고 다니는 나쁜 외계인들이 있는데, 이 가설은 맨 인 블랙과 같이 현실에서도 우리와 함께 살아가는 외계인이 있다는 것이다. 하지만 영화와 다른 점은 인간들 몰래 숨어 지낸다고 한다.

한때 떠들썩했던 렙틸리언을 아는가? 렙틸리언은 파충류형 외계인으로 외국에서 유명한 연예인이나 정치인들이 외계인이라는 음모론이다. 렙틸리언은 이미 인간 사회에 스며들었으며 전 세계에서 권력을 쥐었다 폈다 하

는 고위층들도 렙틸리언이 장악했기 때문에, 머지않은 미래에 그들이 인간을 지배할 것이라는 이야기. 이런 음모론들이 첫 번째 가설에 힘을 싣고 있다. 또, 너무 유명한 51구역. 미국 네바다주에 위치한 군사기지 51구역에서 미군이 외계인에게 최첨단 기술을 전수받고 있다는 음모론이 있다. 이것도 첫 번째 가설처럼 이미 외계인이 지구와 접촉했다는 전제가 깔려있어야 가능한 이야기이다. 외계인에 대해 조사하던 중 재미있는 가설을 하나 발견했다. 이 가설은 동물원 가설이라고도 불리는데, 인류가 시작되기도 전인 아주 먼 옛날에 이미 고도의 외계문명이 은하계를 점령하였고, 그들이 어느 순간 지구에 도착했다는 것이다. 이때, 외계인들은 지구의 광물과 자원 등 잠재력을 알아보고 그들이 지정한 "자연 보호 구역"에 지구를 포함시켰다는 이야기이다. 지구를 자연 보호 구역으로 지정함으로써 개발되지 않은 행성을 보존하고 간직하려고 했다는 건데, 인간 사회에 있는 그린벨트와 비슷하지만, 이 가설은 외계인을 지나치게 인간적인 시선으로 바라본다는 비판을 받고 있다.

## 두 번째 가설, 외계인은 우주 어딘가에 존재하지만 우리와 소통할 수 없다.

현재 인류는 100년이 넘는 시간 동안 지구에 인간이 살고 있다는 사실을 알리기 위해 전파 신호를 우주에 보내며 우리의 존재를 알리고 있다.

만약 광속의 속도로 전파를 보낸다고 가정할 때, 이 속도로 전파가 태양에 닿기 위해선 8분 20초가 걸리며(약 1억 5천만km), 1광년(약 9조 4천 6백억km)을 이동하려면 무려 1년이 걸린다. 그럼 인간이 100년 전부터 우주에 전파를 쐈다고 가정할 때, 100광년 정도의 거리를 전파 신호가 이동했다 하더라도 지구로부터 그 범위 안에 있는 항성계는 약 75개밖에 안 된다는 것이다. 큰 숫자가 나와서 굉장히 멀리 간 것처럼 보일 수 있지만, 우리 은하의 지름이 약 10만 광년이며 항성의 수가 6,000억 개 정도 되는 것을 생각해보자. 그럼 100광년의 거리는 얼마나 가까운 거리인지 알 수 있다. 따라서 몇십만 광년 너머에 살고 있는 외계인에게 우리의 전파 신호가 도착하는 건 무리라고 한다. 또 다른 가설로는 다른 행성에 살고 있는 외계인들이 너무 고도로 발달하여 인간이 사용하는 전파 통신은 낮은 수준이라 사용하지 않는다는 말이 있다.

## 세 번째 가설, 외계인은 애초에 존재하지 않았다.

이 가설은 어딘가 쓸쓸한 내용이다. 끝없이 넓은 이 우주에 어느 정도 고등 문명을 이룬 지적 생명체가 우리 인류밖에 없다는 것이다. 사실 우리는 지구에 별생각 없이 살고 있지만, 특정 행성에서 생명이 탄생하고 유지되는 것은 굉장히 어려운 일이다. 인류뿐만 아니라 지구에 여러 생물이 존재하며 살아가는 게 우주의 관점에서는 기적이라고도 볼 수 있다. 과거, 천재 물리학자 하워드 스미스 교수는 이렇게 말했다.

"우리는 어딘가에 외계인이 존재할 거라 믿고 있지만, 사실 우주에서 지구와 같이 생명체가 살 수 있는 행성은 우리가 유일할 수도 있습니다. 다른 행성들은 생명체가 자라나는 것에 매우 적대적이니까요."

## 네 번째 가설, 외계인은 존재하지만 지적생명체가 아니다.

이 가설은 과학적인 근거가 뒷받침되는 논리적인 가설이다. 하나의 생명체가 진화하는 과정은 무생물 → 단세포 생물 → 다세포 생물 → 지적 생명체로 이루어져 있다. 그런데 여기서 한 단계의 진화를 하는 것도 엄청난 기적이기 때문에 지적 생명체까지 도달한 종족은 인류가 유일하다는 가설이 있다. 우주에 지구가 탄생한 후, 단세포 생물이 나타나기까지 약 7억 년, 단세포 생물이 다세포 생물로 진화하기까지는 28억 년, 또 다세포 생물이 지적 생명체가 되는 데까지는 약 10억 년이 걸렸다고 추정되고 있다. 물론 이러한 과정이 지구에서만 일어났다고 말할 수 없지만, 지구만큼 생명이 탄생하기에 완벽한 조건에서도 오랜 시간이 걸렸으니 다른 행성의 외계인들은 아직 지적 생명체까지 도달하지 않았을 수도 있다고 한다.

### 다섯 번째 가설, 외계인은 존재했으나 전부 죽어버렸다.

모든 문명은 필연적으로 멸망하게 된다는 말이 있다. 환경오염 및 핵전쟁 등 지나친 기술 발전으로 인해 문명은 끝내 멸망할 수밖에 없다는 이론이다. 우주의 나이는 약 137억 7천만 년 정도 된다고 하는데, 그에 비해 인간은 300만 년 정도 됐다고 하니 굉장히 짧다. 이렇게 단기간에 인류도 놀라운 진화를 거쳐 지금은 엄청난 기술력을 가지고 있다. 그런데 과연 우주가 태어난 후 137억 년 동안 지식과 기술을 가진 문명이 인간밖에 없었을까? 외계인들은 이미 과거의 어느 시점에 존재했으며, 문명을 발전해나갔지만 어느 수준 이상이 되자 여러 가지 이유로 인해 파멸해버렸다는 가설이 있다. 만약 외계인의 성격이 우리와 같이 평화적이지 않으며 낯선 생명체에게 적대적인 경우, 그런 호전적인 성격을 가진 외계인들은 이미 자신들의 행성에서 서로 싸우며 그냥 자기들끼리 멸망해버렸을 거라는 이야기가 있다.

비록 우리는 아직 우주의 티끌만큼 밖에 알지 못하며 지금 이 순간에도 우주 어딘가에선 외계인들이 살고 있을 수 있다. 그들이 보기엔 우리가 외계인일 텐데, 무서운 성격만 아니면 죽기 전에 한 번 쯤 보고 싶다. 아서 C 클라크의 유명한 말이 있다.

"두 가지 가능성이 있다. 우주에 우리만 존재하거나 그렇지 않거나. 어찌 됐든 둘 다 끔찍한 일이다."

초 록 인 종

때는 12세기 무렵 잉글랜드 서퍽(Suffolk)의 울핏(Wool Pit) 마을, 사냥꾼인 리처드는 늑대 무리가 사는 동굴 옆에서 이상한 것을 발견했다. 자세히 보니 두 명의 어린아이였는데, 그들은 누나와 남동생으로 보였다. 하지만 아이들에겐 이상한 점이 있었는데 아이들이 그 당시에는 입지 않았던 이상한 옷을 입고 있었으며, 두 아이의 피부색이 초록색이었다는 것이었다. 사냥꾼이 아이들에게 다가가 말을 걸자 알 수 없는 언어로 자기들끼리만 대화하는 아이들. 사냥꾼은 굉장히 소름 돋고 공포스러웠지만 아이들이 보호자도 없이 숲속에 있었기 때문에 위험하다고 판단하여 자신의 집으로 데려왔다. 그 후, 아이들에게 여러 가지 음식을 주지만 아이들은 전부 먹지 않았고, 아이들은 어떤 것에도 관심을 가지지 않았다. 그

러던 중 신기한 일이 발생했다. 며칠 동안 음식을 거절하던 아이들이 사냥꾼의 집 앞마당에서 자라는 녹두콩을 주니 관심을 가지기 시작한 것이었다. 녹두를 받더니 손으로 파헤쳐 보던 아이들은 그 안에 들은 콩을 보고는 허겁지겁 먹기 시작했다. 하지만 평생 콩만 먹일 수는 없던 터라 사냥꾼은 조금씩 사람들이 먹는 일반식을 먹이려고 노력했고, 결국 아이들은 일반적인 식사가 가능하게 됐다. 이때, 식습관을 콩에서 일반식으로 바꾸니 아이들은 점점 녹색 피부가 없어졌고 마을 사람들과 같은 피부색으로 변했다. 이후, 마을 사람들은 다 같이 아이들에게 영어를 가르치는데, 아이들은 상당히 빠른 속도로 많은 지식을 습득했다. 그러다 소녀가 영어로 사람들과 대화할 수 있는 수준에 올랐고, 자신의 정체에 대

해 말하게 된다.

"저희는 빛나는 태양이 없고 어두운 새벽만이 존재하는 세인트 마틴의 땅에서 왔어요. 특히 저희 마을은 그 세계에서도 존경받는 마을이었죠. 저희 나라에서 그리 멀지 않은 곳에는 밝게 빛나는 어떤 나라가 보였고, 그 사이에는 큰 강이 있었어요. 저희 세계가 여기와 다른 점은 식물, 동물, 사람 등 모든 것이 녹색이었다는 거예요. 근데 저도 어떻게 동생과 여기로 왔는지 모르겠어요. 분명 그날은 들판에서 아버지와 함께 양 떼에게 먹이를 주고 있었죠. 그러다 어디선가 아름다운 종소리가 들렸고 저랑 동생은 감탄하고 있었는데 어느 순간 정신을 차려보니 리처드 씨가 저희 앞에 서있었고 저희를 마을로 데려가고 있었죠."

그런데 이렇게 말한 소녀는 이상하게도 이후 죽을 때까지 자신의 과거에 대한 이야기는 더 이상 하지 않았다. 그렇게 점점 아이들의 정체가 무엇인지 밝혀지던 중 남동생은 갑자기 병을 앓다 사망하게 됐다. 이제 혼자 힘으로 낯선 세상을 살아가야 하는 소녀는 마을 사람들과 함께 살아갔으며, 이곳에서 일도 하며 지냈다고 하는데, 이후 그녀에 대한 이야기는 어떠한 것도 전해지지 않고 있다.

그렇다면 현시대 사람들은 이 초록색 아이들에 대해 어떤 의견을 냈을까? 여기엔 여러 가지 가설이 있다.

# 1
# 지하 세계에서 온 아이들

현재 유명하게 알려진 랩틸리언 음모론은 파충류 인간들이 세계를 지배하기 위해 사람들 사이에서 같이 생활하고 있다는 가설이다. 이 가설은 1100년대 당시에도 존재했다. 지구의 땅속 지하 세계에는 온몸이 녹색인 파충류 인간이 살고 있으며 이를 봤다고 주장하는 사람도 꽤 있었다. 그들은 이 녹색 아이들 또한 지하 세계에서 왔다고 주장하는데, 과거 아그네스가 말했던 "빛나는 태양이 없는 땅에서 왔다"는 것을 근거로 이 주장의 설득력을 더하고 있다.

## 2
# 아틀란티스 대륙 멸망 직후 인종

고대 문명인 아틀란티스가 멸망한 직후, 그때는 피부색이 각자 다른 5개의 인종이 살고 있었다고 한다. 하지만 그중 가장 유전적으로 진화되지 않은 초록색 인종은 문명에 뒤쳐져 있었다. 이들은 여러 지역으로 퍼지며 살아가다가 세력이 분산되어 약해진 틈을 타 다른 인종에게 습격당해 노예로 전락해버렸다. 그후, 초록 인종의 유전자를 간신히 이어온 아이들이 그 여자아이와 남동생이라는 설이다. 과연 아틀란티스 고대 문명은 실제로 존재했으며 녹색 인종 또한 실존했던 걸까?

## 3
# 플랑드르 이민자

녹색 아이들이 발견됐을 당시엔 플랑드르라는 나라의 이민자들이 대부분 영국으로 넘어왔다. 그때 영국의 헨리 2세 왕은 이민자들을 싫어했고 박해했기 때문에 플랑드르 이민자들은 노숙 생활을 하며 많이 죽어 나갔다. 녹색 아이들은 부모를 잃은 플랑드르 이민자라는 설이 있다. 하지만 그렇게 되면 여자아이가 설명했던 "태양이 없던 나라에서 왔다"라는 말이 설명되지 않기 때문에 그다지 설득력 있는 가설은 아니다.

이외에도 알비노 현상이라는 것과 비소 중독에 걸린 것이라는 등 여러 가설이 있지만, 결국 초록색 아이들의 정체는 명확하게 밝혀지지 않았다. 이후, 이 사건은 영국에서 여러 책으로 출판되며 영국인들 사이에선 꽤 유명한 이야기가 되었다.

# 가축 납치 사건
# (캐틀 뮤틸레이션)

미국의 어느 농가에서 한 농부의 인터뷰가 시작됐다.

> 기자: 안녕하세요 Mr.Cook, 그럼 인터뷰 시작하겠습니다.
>
> Cook: 아 네. 반갑습니다.
>
> 기자: Mr.Cook. 굉장히 끔찍하고 기괴한 일을 겪으셨다고 하는데, 들려주실 수 있으실까요?
>
> Cook: 네, 저는 10년 전에 누가 봐도 끔찍하게 죽어있는 소 한 마리를 발견한 적이 있어요. 소의 가슴은 잘려있었고, 눈과 고환이 깔끔하게 잘려 사라져있었죠. 그런데 신기한 건, 그 정도로 처참하게 죽여 놨으면 사방에 피가 튀었을 텐데 주변은 깔끔했습니다. 그러다 얼마 전 강가를 산책하다가 예전에 봤던 것처럼 잔인하게 죽어있는 소의 시체를 발견했어요. 이때 뭔가 불길해서 제가 키우는 소들을 보러 갔는데, 이런 똑같이 당해버렸습니다. 심지어 우리 애들은 장기를 얼마나 깔끔하게 적출했던지….
>
> 기자: 도대체 장기가 어떻게 되어있었길래 그러죠?

Cook: 아무리 뛰어난 의사가 와도 그렇게 깔끔하게 자를 수는 없을
정도였어요. 심지어 피 한 방울 떨어뜨리지 않고 말이죠. 주변에는
발자국 하나 없었어요.

1970년대에 이런 가축 납치 사건이 유럽이나 미국 등 여러 나라에서 발
생했다. 사람들은 이를 보고 캐틀 뮤틸레이션(Cattle Mutilation)이라 부르는데,
이와 관련된 음모론 몇 가지를 살펴보자.

## 1. 특수 박테리아설

어느 날 미국의 한 과학 프로그램에서 생물학자들이 이 현상에 대해 연
구한 적이 있다. 도저히 인간이 할 수 없는 가축 시신의 상태를 보아 결국
특수한 박테리아 때문이라는 결론이 났다. 아직 인류가 발견하지 못한 끔
찍한 세균이 동물에게 감염되어 몸속 내부 장기들부터 눈이나 피부까지
깔끔하게 갉아먹는다는 것이다. 실제로 40억 년 전에 살던 박테리아의 화
석이 발견되는 걸 보면 아직 인류가 찾지 못한 박테리아도 충분히 있을 법
하다.

## 2. 외계인 납치설

이런 미스터리한 현상에서 꼭 나오는 외계인 가설이다. 미국의 오컬트

신비학 신봉자들은 이 사건을 보고 외계인의 소행이라고 주장한다. 그 이유로는 첫째, 소의 신체 부위가 출혈도 없이 깔끔하게 절단된 점이다. 이건 가위손이 와도 못한다며 무조건 외계인의 첨단 기술이 아닌 이상 불가능하다는 것이다. 둘째, 가축들이 없어지거나 죽은 날, 이를 본 목격자들이 단 한 명도 없다는 점이다. 이 또한 외계인이 아니면 불가능하다고 주장한다. 하지만 이 가설은 현실성이 너무 없는 이야기라며 비판받았고, 이에 오컬트 신봉자들은 외계인이 생체 실험을 위해 가축들을 납치한 것이라 계속해서 강조하고 있다.


### 3. 야생동물설

회의론자는 특정한 주제에 대하여 계속해서 의심하고 불확실하다며 비판하는 사람을 말한다. 이들은 캐틀 뮤틸레이션에 대해 그저 굶주린 야생동물이 농가를 침입해 가축들을 잡아먹은 것이라고 말한다. 가장 현실적으로 봤을 때 당연히 가축을 습격해 잡아먹는 집단은 야생동물이며, 의외로 맹수들이 초식동물을 잡아먹으면 칼로 깔끔하게 절단한 것처럼 보인다고 한다. 그리고 사건 현장엔 피가 하나도 안 튀어 있었다는데, 맹수는 목을 물어 숨통을 끊은 다음 잡아먹기 때문에 출혈이 적을 것이라고 주장한다. 회의론자들은 이 음모론에 대해 이상한 상상의 나래 좀 그만 펼치라고 말한다.


### 4. 미군 가축 납치설

가축을 납치하여 절단하고 버린 것은 미군이 벌인 짓이라고 주장하는 사람들이 있다. 세계에서 가장 강력한 군사력을 바탕으로 51구역처럼 민간인들 몰래 무슨 짓을 벌인다고 항상 의심받는 미군. 캐틀 뮤틸레이션 또한 미군의 소행이라는 음모론이 있다. 이 가설에는 여러 근거가 제시되고 있다.

근거 1. 2000년대에 어느 은퇴한 군인이 TV 프로그램에 출연했다. 여기서 자신의 과거에 대해 설명하는데, 자신이 예전에 텍사스 일대 군부대에서 근무했으며 가축을 납치해 절단하고 실험했다는 증언을 했다.
근거 2. 1970년대부터 현재까지 보고된 캐틀 뮤틸레이션을 조사해본 결과, 모두 핵 실험장이나 군사기지 근처에서만 발생했다는 결과가 나왔다.
근거 3. 세간에는 이런 말이 떠돌았다. "캐틀 뮤틸레이션 현장에서 미군 의무대에서 사용하는 메스가 떨어져 있었다"고.
근거 4. 가축의 사체는 굉장히 정교하고 깔끔하게 잘려있었는데 미군이 가진 기술력이라면 가능할지도 모른다.

이와 같은 증거들을 제시하며 미군이 이 사건의 범인이라고 주장하는 사람들이 있다. 결국 1970년대 후반에는 미국의 농가들 사이에서 캐틀 뮤틸레이션에 대한 흉흉한 소문이 퍼졌고 다들 두려움에 떨었다. 이에 미국 정부는 캐틀 뮤틸레이션을 조사하는 위원회를 창설하여 직접 수사하기 시작하는데, 이후 시간이 흘러 1980년 5월 27일, 조사 위원회의 케네스 롬멜 주니어가 조사 결과를 발표하게 된다.

Rommel: 저희가 나이 들어 죽은 소를 야생에 방치하고 관찰해봤습니다. 그 방법이 가장 빠를 것이라 판단했죠. 그랬더니 예상했던 늑대나 들개 무리가 아닌 족제비나 새, 파리 등 몸집이 작은 곤충이나 동물들이 나타나더군요. 이런 작은 친구들은 아무래도 이빨의 크기가 작다보니 소를 한번에 크게 베어물지 못하고 부드러운 살점 부분을 작게 뜯어 먹었는데, 이때 생기는 이빨 자국이 지금까지 캐틀 뮤틸레이션 현상에서 발견되었던 깔끔한 절단면과 유사하다는 것을 알아냈습니다. 또한, 소가 죽으면 피가 혈관 속에서 가라앉고 심장은 뛰지 않기 때문에 펌프질이 멈춰 피가 잘 튀지 않으며, 작은 곤충들이 몸 밖으로 나온 피를 다 먹어버렸습니다. 따라서 캐틀 뮤틸레이션의 범인은 인간이나 외계인이 아닌 작은 야생동물들의 소행으로 보입니다.

그렇다면 미국의 수술용 메스가 사건 현장에 떨어져 있었다는 건 어떻게 된 걸까? 이는 그냥 사람들 사이에서 와전되며 헛소문이 퍼진 것이었다. 또한, 자신이 텍사스에서 가축을 납치했다던 퇴역 미군 병사는 관심을 끌기 위해 거짓말을 한 것임이 밝혀졌다.

이 캐틀 뮤틸레이션은 한국에서도 발생한 적이 있다. 2006년, 섬에서 키우던 염소가 내장만 사라진 채 죽어있는 것이 발견되었다. 그런데 알고 보니 멧돼지가 먹은 것이었으며, 처음엔 내장만 먹고 버리더니 간이 배 밖으로 나왔는지 멧돼지는 머리와 가죽만 남긴 채 도망쳤다고 한다.

그리스로마신화 속
환 상 종  T O P  5

## 5위 메두사

　지배하는 여자라는 뜻의 메두사는 고르고 세 자매 중 한 명이다. 그
중 막내였던 그녀는 무시무시한 외모를 가졌던 언니들과는 달리 아름다
운 외모와 상당히 좋은 머릿결을 가지고 태어났다. 그녀의 매력은 인간
이 가질 수 있는 아름다움 그 이상으로, 신조차 홀리게 하는 관능적인 미
녀였다. 그러던 어느 날, 그녀를 보게 된 바다의 신 포세이돈. 포세이돈은
그녀의 아름다움에 성적 호기심이 생겨 그녀를 강간해버리고 만다. 이
사실을 알게 된 지혜의 신 아테나는 엄청난 분노에 휩싸이지만, 세계관
최강자 중 하나였던 포세이돈에게 덤벼들 힘은 없었다. 따라서 아무 죄
없는 메두사에게 저주를 내리는 몹쓸 짓을 하게 된다. 그 저주란 뱀의 머
리와 구리 손, 황금 날개를 가진 괴물이 되는 것이었다. 그것도 모자라 메
두사와 눈을 마주치는 사람은 무조건 온몸이 석화되는 저주에 걸리게 된
다. 저주를 받아 무시무시한 괴물이 된 그녀는 아무도 못 오는 깊은 곳으
로 언니들과 은둔하지만, 영웅 페르세우스가 그녀를 죽이러 온다. 그때,
페르세우스가 가지고 있는 무기는 상당히 강력했는데, 그중엔 아이기스,
탈라리아, 퀴네에, 키비시스, 하르페가 있었다. 아이기스는 신들의 왕 제
우스가 만든 방패로, 거울처럼 물건을 비추기 때문에 메두사를 직접 보
지 않고 죽일 수 있었다. 탈라리아는 헤르메스의 날개가 달린 신발로, 하
늘을 날아다닐 수 있는 신발이었다. 퀴네에는 착용하면 투명 인간이 되

는 투구였으며, 하르페는 불사의 몸을 가진 괴물도 죽일 수 있는 하늘 아래 모든 것을 무조건 한 번에 베어 죽이는 검이었다. 이런 무시무시한 무기를 가진 영웅과 싸우는 메두사가 얼마나 강한지 알 수 있다. 결국, 페르세우스와 싸우던 메두사는 그의 칼에 목이 잘려 죽게 되는데, 이때 메두사의 잘린 목에서 엄청난 양의 피가 분수처럼 뿜어져 나왔고 근처 바다를 붉게 물들였다. 그러자 피바다에서 페가수스가 탄생했다고 한다. 페가수스는 이후 포세이돈과 함께 지내게 되는데, 이는 과거 메두사가 포세이돈과 관계를 가져 페가수스에게도 포세이돈의 피가 흘렀기 때문이었다. 그리고 메두사의 잘린 목은 자신을 죽이는데 사용되었던 아이기스 방패의 장식으로 사용된다.

## 4위 미노타우르스

리그오브레전드라는 게임을 하는가? 그 게임 속 챔피언 중 알리스타라는 캐릭터가 있다. 지금 소개할 미노타우르스와 똑같은 모습을 하고 있는데, 얼굴은 황소지만 몸은 엄청난 근육질의 덩치도 큰 괴인이다. 이런 괴물이 태어난 데에는 나름의 서사가 있다. 어느 날, 바다의 신 포세이돈은 크레타섬의 왕이 되기 위한 형제간의 싸움을 지켜보던 중, 미노스의 편을 들며 그가 왕이 되도록 도와주었다. 그런데 이때 약속한 것이 있었으니, 그건 바로 왕이 되어 포세이돈에게 제물을 바치는 것이었다. 하지만 왕이 된 미노스는 막상 줄 때가 되니 아까웠는지 훌륭한 하얀 황소를 숨기고 다른 황소를 포세이돈에게 바쳤다. 게다가 옆에서 미노스의 아내인 파시파에도 하얀 황소를 마음에 들어 하며 다 죽어가는 소를 바치자고 제안했으니 어쩔 수 없었다. 그러나 포세이돈은 신이다. 한낱 인간이 거짓말을 해 봤자 바로 들킬 수밖에 없었고, 이에 극도로 분노한 포세이돈은 아내 파시파에에게 저주를 내린다. 이 저주는 파시파에가 마음에 들어 하던 하얀 황소를 사랑하게 되는 것이었다. 결국 밥을 먹다가도, 샤워를 하다가도, 무슨 일을 하더라도 하루 종일 하얀 황소를 생각하던 파시파에는 소를 찾아간다. 하지만 하얀 황소는 이상형이 확고했다. 자신과 같은 종족인 암소를 보면 발정이 나 난리를 쳤지만, 이상하게도 인간에게는 적대적이었다. 자신의 근처에 인간이 오면 화를 내며 모든 부서버릴 기세였다. 하지만 하얀 황소에게 다가가 사랑을 나누고 싶었던 파시파에는 어떻게 하면 근처에 갈 수 있을지 고민을 하다가, 당시 최고의 발명가이던 다이달로스에게 찾아가 고민 상담을 한다. 다이달로스는 자신이 어떤 방식으로 도와줄 수 있을지 고민하다 사람이 들어갈 수 있는 암소 모양의 박제품을 만들어주면 파시파에가 난폭한 하얀 황소에게도 다가갈 수 있을 거라고 생각했다. 그렇게 파시파에는 그가 만들어준 암소 박제 모형에 들어가 하얀 황소의 옆으로 가니 소도 가만히 있었다. 그런데 갑자기 하얀 황소가 발정이 나버렸고, 박제품의 엉덩이 부분에 나 있는 구멍으로 파시파에는 결국 소와 관계를 맺게 된다. 그리고 얼마 안 가 임신을 하게 된 파시파에는 아이를 낳게 되는데, 이때 태어난 생명이 미노타우르스다. 소와 인간 사이에서 태어난 미노타우르스는 머리는 황소, 몸은 인간이었는데, 성격이 엄청나게 포악했으며 성장 속도가 매우 빨라 금세 괴물이 되어버렸다. 또한, 식인을 했기 때문에 마을을 습격해 사람들을 잡아먹었다. 이를 두고 볼 수만은 없었던 미노스 왕은 아무도 빠져나올 수 없는 미로 '라비린토스'에 미노타우르스를 가두게 되고, 주기적으로 원수지간인 국가의 국민들을 먹이로 주었다. 그렇게 미궁 속에서 살고 있던 미노타우르스. 어느 날, 영웅 테세우스가 먹이로 바쳐지는 제물인 척하며 미로로 들어와 미노타우르스를 사냥했고, 결국 미노타우르스는 그렇게 죽어버렸다.

### 3위 네메아의 사자

세상에서 가장 힘이 센 인간이자 신, 헤라클레스는 헤라의 아이들을 죽인 죗값을 치르게 하기 위해 12가지 과업을 도전하게 된다. 그중 첫 번째 살해 대상이 네메아의 사자였다. 이 사자는 네메아의 골짜기에서 살고 있었는데, 주변 마을에 나타나 동물들과 인간들까지 잡아먹어 인근 지역 사람들에겐 공포의 대상이었다. 사람들은 이 사자를 죽이기 위해 목숨을 걸고 나서지만, 날카로운 검이나 창이 안 통하는 철갑보다 단단한 피부와 바위도 부서버릴 만큼 강력한 발톱을 가진 이 사자를 처치할 수 없었다. 하지만 이때 세상에서 제일 강한 인물인 헤라클레스가 나타났다. 헤라클레스는 네메아의 사자를 찾아가 온갖 무기로 베어보고 주먹으로 두들겨 때려봤지만 역시나 상처 하나 입지 않았다. 그렇게 한 달이 넘도록 전투를 하던 중, 네메아의 사자가 지쳐서 휴식을 취하고 있었다. 이때 빈틈을 발견한 헤라클레스는 사자를 뒤에서 덮쳐 목을 조른다. 아무리 강한 몸을 가지고 있었다지만 네메아의 사자도 동물일 뿐이었다. 사자는 목이 졸리자 숨을 쉬지 못하였고 결국 죽어버렸다. 헤라클레스는 사자를 죽인 후 한 가지 생각이 떠올랐다. 사자의 가죽이 엄청 튼튼하니 자신이 입고 다니자고. 하지만 가죽에 칼을 갖다 대면 전부 부서져버려 난감해하고 있던 찰나, 사자의 발톱을 사용하니 시원하게 가죽이 벗겨졌다. 사자의 머리는 헤라클레스의 모자로, 몸통에 있던 가죽은 헤라클레스의 옷이 되었다. 네메아의 사자는 그가 12가지 과업을 진행하며 물리친 괴물들 중 매우 힘겹게 잡은 괴물에 속한다.

### 2위 히드라

히드라는 머리가 9개나 달린 거대한 뱀 괴물로 헤라클레스가 두 번째로 치른 과업이다. 거대한 머리를 겨우겨우 한 개 잘라내면 머리는 쉴 틈 없이 금방 다시 자랐고, 무엇보다 히드라는 엄청난 맹독을 가지고 있었다. 언젠가 죽음을 맞이하는 보통의 인간이라면 이 독에 맞고 금방 죽겠지만, 불사의 존재인 신들은 히드라의 독에 맞으면 엄청난 고통 속에서 죽지도 못하고 평생 살아야 한다. 이 고통으로부터 피할 수 있는 유일한 방법은 불멸을 포기하고 죽는 것이다. 말 그대로 히드라는 불사의 존재인 신들마저 죽여버릴 수 있는 괴수인 것이다. 강하다고 소문난 헤라클레스도 히드라는 혼자 힘으로 죽이지 못할 것 같아 조카 이올라오스와 같이 물리치러 가게 된다. 헤라클레스가 히드라를 죽이기 위해 선택한 방법은 히드라의 목을 베어냈을 때 불로 지져 다시는 재생하지 못하도록 만드는 것이었다. 이때, 불을 지지는 역할은 조카 이올라오스가 하게 됐고, 불을 지진 머리에는 거대한 바위를 올려놓았다. 이렇게 히드라를 겨우 죽인 헤라클레스는 히드라의 피를 병에 담아가고, 이후 히드라의 피를 화살에 발라 독화살을 만들었다. 그러던 어느 날, 헤라클레스가 12가지 과업을 수행하던 중 무더위에 짜증이 나 하늘에 이 독화살을 쏘며 스트레스를 풀었는데, 이때 태양 마차를 타고 지나가던 태양의 신 헬리오스가 깜짝 놀라 마차를 올림푸스로 되돌려 세상의 밤낮이 꼬여버린 일도 있었다. 결국 헤라클레스도 최후에는 히드라의 독 때문에 사망하게 된다. 바보같이 히드라의 독이 묻은 옷을 모르고 입은 헤라클레스의 피부가 부패하며 타들어간 것이다. 재빠르게 옷을 벗었지만 이미 히드라의 독에 중독되어 옷에 들러붙은 살들이 떨어져 나갔다. 그토록 강하던 헤라클레스는 정신을 잃을 정도로 고통스러워하다가, 결국 스스로 몸에 불을 붙여 자살하고 만다.

## 1위 티폰

그리스로마신화에 나온 악당 중 가장 무섭고 강한 신이자 괴물 티폰. 티폰은 탄생부터 복수의 목적을 갖고 태어난 어찌 보면 불쌍한 존재다. 대지의 여신 가이아는 어느 날 신들의 왕인 제우스가 세상을 자기 마음대로 조종하고 지배하는 것에 화가 났다. 제우스를 혼내주기 위해 지하 깊은 곳에 살고 있던 어둠의 신 타르타로스와 관계를 맺어 난폭한 티폰을 낳게 된다. 티폰은 외형부터 흉악한 괴수에 가까웠다. 머리카락엔 100마리의 뱀이 살고 있었는데 이들은 번개를 내뿜을 수 있었고, 상체는 인간의 몸이지만 하체는 뱀이었다. 또한 날개가 달려있어 하늘까지 날 수 있는 최강자였다. 티폰의 강력함이 어느 정도였냐면, 올림포스의 신들을 혼자서 모두 물리칠 수 있는 제우스조차 티폰과 혼자 싸워서는 이길 수 없었다. 그리고 티폰은 머리에서 불과 번개를 내뿜고, 살짝 날갯짓만 해도 폭풍이 일어났다. 또한, 100개의 머리가 우주에 있는 별을 스치고 어깨는 하늘에 닿았고 두 팔을 벌리면 이 세상의 동쪽과 서쪽 끝까지 닿았다. 티폰이 화가 나면 산과 바다, 하늘을 모두 찢어버리거나 가를 수 있었다. 말 그대로 가이아가 만들어낸 최악의 괴신이었다. 어느 날엔 티폰이 혼자 올림포스 산을 습격한 적이 있다. 이때, 올림포스 신들을 모두 겁에 질려 도망쳐 제우스가 홀로 남아 싸웠는데, 제우스는 결국 손발의 힘줄이 끊겨버리는 굴욕을 당한다. 하지만 도둑의 신 헤르메스가 티폰에게서 제우스의 힘줄을 훔쳤고, 제우스에게 돌려주었다. 결국 다시 싸울 수 있게 된 제우스가 강력한 번개로 티폰의 머리를 공격해 겨우 이기게 된다. 재대결에서 패배하게 된 티폰은 제우스가 산 밑에 가두며 봉인시켰는데, 이 산이 바로 시칠리아섬의 에트나 화산이다. 티폰도 괴물이지만 신이었기 때문에 죽지 않고 산밑에서 몸부림을 쳤는데, 그 때문에 에트나 화산에서는 계속 화산이 폭발하고 용암이 분출된다고 전해진다.

# 동물이 비처럼 내리는 사건

## 지구에서 내리는

## 세상에서 가장 기괴한 비

"하늘에서 음식이 내린다면"이란 영화를 아는가? 똑똑한 주인공이 물을 음식으로 바꾸는 기계를 발명하게 되고, 하늘에서 햄버거, 와플, 젤리 등 맛있는 음식들이 떨어지는 내용이다. 하늘에서 음식이 비처럼 내리는 현상은 현실에선 있을 수 없는 일이다. 하지만 종종 전 세계에서 음식은 아니지만 동물이 비처럼 내리는 일이 발생한다. 사람들은 이 현상을 보고 동물 비라고 부르며, 아직 정확한 원인이 발견되지 않아 미스터리로 분류되곤 한다. 그렇다면 어떤 동물이 비처럼 내릴까? 주로 개구리, 물고기, 새, 거미, 문어 등 작은 크기의 동물들이 떨어지는데, 사람들은 이 말도 안 되는 현상에 대해 여러 가지 추측을 하기 시작했다.

## 1. 사람의 장난설

정체불명의 인물이 일부러 동물을 길거리에 뿌렸다는 설이다. 사람들이 모두 잠든 새벽, 누군가 트럭에 동물을 실은 다음 마을을 돌아다니며 뿌렸다면 충분히 가능할 법한 이야기다. 하지만 그 많은 동물을 운송하려면 사람의 눈에 띄기 마련인데, 지금까지 그 누구도 동물로 장난치는 사람을 목격한 사례가 없다.

## 2. 단순한 오해설

동물 비 중에서도 제일 많이 나타나는 동물은 바로 개구리다. 그런데 개구리 비가 기록된 사례 중 상당수는 도시가 아닌 한적한 시골이다. 그렇다면 새벽 길거리에는 사람이 거의 없었을 텐데, 이때 개구리가 대규모로 이동하던 중 아침이 되고, 사람들이 일을 하러

나와서 이 광경을 본다면 마치 개구리들이 하늘에서 뚝 떨어진 것처럼 보일 수 있기 때문에 사람들이 착각했다는 설이다. 그러나 실제로 개구리가 하늘에서 떨어지는 것을 목격한 사람들이 있으며, 동물 비의 사례들 중 팔다리가 없는 물고기의 경우 물 밖에서 움직일 수 없기 때문에 이 가설도 설득력을 잃었다.

### 3. 토네이도 설

동물 비가 내리던 지역에 토네이도가 발생하여 이 회오리바람이 여러 동물을 빨아들인 다음, 마을을 지나가다가 자연스레 토네이도가 무너지며 안에 있던 동물들이 떨어졌다는 설이다. 하지만 동물 비의 경우 대부분 같은 종끼리 떨어지기 때문에, 모든 것을 빨아들이

는 토네이도는 동물 비의 원인이 아니라는 주장도 있다. 실제 인터넷에 떠도는 토네이도 영상을 보면 엄청 강력하여 주변에 있는 동물들과 곤충, 집이나 물건들까지 모조리 빨아드린다. 그런데 한 가지 동물만 비처럼 떨어지는 건 말이 안 된다. 또한, 동물 비가 떨어진 지역의 마을 사람들은 토네이도를 본 경험이 없기 때문에, 설득력이 떨어지는 가설이다.

만약 당신이 사는 지역에 동물 비가 내린다면 어떻게 할 것인가? 누군가는 요리를 해먹기 위해 통에 담아가거나, 어떤 사람은 낚시용 미끼가 생겼다며 좋아하기도 한다던데, 모든 동물 비 사례는 말 그대로 동물이었지만, 충격적이게도 1876년 3월 미국 켄터키주에서는 고기가 비처럼 내리는 사건이 발생했다. 굉장히 신기한 점은 고기가 사람이 먹을 수 있는 상태였는데, 고기의 크기는 평균적으로 5cm 정도였으며 크면 10cm까지도 있었다. 그러다 보니 슬슬 고기의 정체와 맛이 궁금한 사람들이 생겨났고, 한 남성이 땅에 떨어진 고기를 직접 먹어봤다. 그는 맛을 음미하더니 양고기나 사슴고기라며 추측했는데, 이후 뉴욕에 사는 앨런 박사는 자신이 연구소에서 고기를 분석한 결과를 발표했다.

박사: 제가 이 고기들을 정밀 분석해 봤습니다. 처음 연구할 때는 이 고기가 마치 어린아이의 폐 조직을 닮았다고 판단했죠. 그런데 2차 연구를 진행한 결과 고기의 표본

들은 동물의 폐, 근육, 연골 부위로 판별됐습니다.

어쨌든 고기의 정체가 동물이 맞다는 소린데, 그렇다면 왜 고기가 하늘에서 떨어진 걸까? 켄터키 고기 비 사건을 조사하던 학자들은 대머리수리 가설을 가장 신빙성 있다고 믿었다.

대머리수리는 이미 죽어있는 동물의 시체를 뜯어먹은 후, 하늘을 날아 이동하던 중 무언가로부터 위협을 느끼면 먹었던 음식을 토해내는 습성이 있다. 그리고 옆에서 같이 날던 대머리수리가 이 장면을 목격하면 자기도 따라 뱉는다. 따라서 고기 비 사건은 말고기를 먹은 대머리수리가 켄터키 위에서 날아가던 도중 어떤 위협을 받아 전부 뱉어냈다면 이론상 불가능한 건 아니었다. 하지만 이 사건은 100년도 더 지난 일이어서 다시 조사하기가 불가능하므로 앞으로도 정체를 알 수 없는 이상 현상으로 기억될 것이다.

# 기괴한
## 일본
## 실종사건
### TOP 3

그들은 대체 어디로 간 것인가!

## TOP 3
# 풍선 아저씨 행방불명 사건

여기, 자신이 평생 공부하고 좋아하던 음악으로 사업을 시작했다가 망한 사람이 있다. 그의 이름은 스즈키 요시카즈. 집안 사람들이 모두 음악과 관련된 직업을 갖고 있던 그는 그들과 똑같이 음악 대학을 졸업했다. 하지만 그가 나중에 시작한 사업이 망해버렸고, 그는 당장 5억 엔(당시 약 55억)이라는 큰 빚만 남게 되었다. 이 말을 아는가?

"일단 유명해져라, 똥을 싸도 박수를 쳐줄 것이다."

풍선 아저씨도 이 말을 믿었던 걸까? 빚에 쫓기고 있던 그는 갑자기 괴상한 생각을 하게 된다.

"거대한 풍선 몇 개로 열기구를 만들어 하늘을 날면 사람들에게 유명해지고 돈도 많이 벌겠지? 그걸로 빚을 모두 갚자!"

우선, 그는 대형 풍선 4개를 구입해 단단한 의자와 연결하여 풍선 의자를 만들었고, 이를 '판타지 호'라 불렀다. 그는 이 풍선을 타고 일본에서 미국까지 약 10,000km가 넘는 태평양을 횡단할 계획을 세웠다. 하지만 자기 혼자 풍선 의자를 만들어 모험을 해봤자 아무도 모르기 때문에 풍선 아저씨는 사람들의 인지도를 얻기 위해 1989년 요코하마 박람회에 자신의 풍선 의자를 출품했다. 안 그래도 빚

다 계산을 했었는데, 자신이 상공 400m쯤에서 날아갈 거라 예상했던 것과는 반대로 무려 5,600m까지 높이 올라가 버리는 바람에 당황한 그는 라이터로 풍선과 연결된 줄을 하나 끊어버렸다. 그러자 풍선 의자는 천천히 하강하더니 40분 정도 지나 24km 떨어진 한 민가 지붕 위로 떨어졌다. 결국 실패하고 만 풍선 아저씨의 첫 도전. 그러나 이후 인터뷰에서 그는 오히려 가능성을 봤다며 다음번엔 무조건 미국에 가겠다 말했다.

반년 후, 일본의 가장 큰 호수인 비와호에 모인 사람들. 이번엔 판타지 호가 업그레이드 되어 26개의 풍선이 달려있었다. 사실 이날은 정식적인 실험이 아닌 단순 시험 비행을 위해 모인 날이었다. 왜냐하면 아직 주위 사람들 모두가 이 도전을 말리고 있었으며 심지어 경찰까지 나서서 제지하고 있었기 때문이다. 그런데 풍선 아저씨는 갑자기 다녀오겠다고 말한 뒤, 풍선 의자와 지상과 연결된 로프를 끊어버렸다. 예고도 없이 자기 마음대로 모험을 시작해버린 것이다. 처음엔 안정적으로 잘 날아갔다. 다음 날 아침 6시엔 가족들에게 이런 문자를 보내기도 했다.

"아침 해가 아름다워요."

그날 밤, 판타지 호로부터 SOS 신호가 날라왔고 해안경비대가 출동하게 된다. 이내 수색대는 풍선 아저씨를 발견했는데, 그는 자신의 모험이 잘 되고 있다는 것을 과시라도 하는 듯 태연하게 풍선 의자 위에서 손을 흔들

에 시달리던 그는 이 박람회에 참가할 때 3억 원이 넘는 돈을 또 빚지게 되었다. 따라서 어떻게든 유명해져 돈을 벌어야 하는 상황이었다. 그러나 세상은 호락호락하지 않았다. 박람회에서 풍선 의자를 전시하는 자리가 너무 안 좋은 위치였으며 요코하마 박람회 자체가 망했다. 보러 오는 사람이 별로 없었다. 그렇게 그는 아무도 모르게 세상에서 잊혀졌다.

그런데 3년 뒤인 1992년 4월 17일, 회사가 파산했지만 죽지도 않고 살아 돌아온 풍선 아저씨는 도쿄 오타구에 위치한 타마가와 강에 나타났다. 그리고 그는 마침내 자신이 몇 년 동안 준비했던 풍선 의자를 타고 직접 하늘로 날아올랐다. 그는 나름대로 머릿속에

었다. 당시 그는 시속 70km로 비행하고 있었는데, 약 3시간 뒤 풍선 아저씨가 구름 속으로 사라져버려 수색기도 더 이상 그를 추적하며 따라갈 수 없었다. 그리고 이때 구름 속으로 들어가던 판타지 호의 모습이 그의 마지막 모습이었다. 이후 그는 평생 실종되고 말았다. 많은 사람은 그가 바다 한가운데서 추락해 사망했을 거라 추측한다. 어쨌든 시신은 발견되지 않았기 때문에 1999년, 실종 후 7년이 경과하여 풍선 아저씨는 자동으로 사망처리 되었다.

## TOP 2
# 미에 여고생 실종사건

1997년 6월 14일 저녁, 한 여고생이 자전거를 타고 친구의 집으로 가고 있었다. 가던 중

길거리의 공중전화로 친구에게 전화를 걸어 10분 뒤 도착한다고 알린 여고생. 친구는 집에서 그녀를 기다렸지만 밤12시가 되어도 나타나지 않았다. 그렇게 그녀는 몇십 년이 지난 현재까지도 실종되었다. 실종된 여고생의 이름은 키타야마 유우코(당시 17세). 그녀는 일본 미에현에 있는 마츠자카 공업 고등학교에 재학 중이었는데, 평소 용돈을 벌기 위해 학원에서 채점 아르바이트를 했다. 그리고 사건 당일에도 아르바이트가 끝난 뒤 친구와 놀기 위해 친구 집으로 향하고 있었다. 유우코가 마지막으로 통화가 된 것은 친구에게 10분 뒤 도착한다고 알려줄 때였는데, 너무 늦게까지 오지 않자 이상함을 느낀 친구가 유우코의 집에 직접 이 사실을 알려주게 된다. 가족들은 이때부터 유우코를 찾기 시작하지만 어디에서도 발견되지 않았고, 결국 새벽 2시에 경찰에 실종 신고를 하게 된다.

그렇게 이틀이 지나고 유우코와 같은 학교에 다니던 또 다른 친구 X가 실종된 유우코의 삐삐에 자신의 집 전화번호를 남겼다. 그러자 몇 시간 뒤 의문의 남성에게서 전화가 왔다. 처음엔 아무 말도 하지 않더니 친구 X에게 말을 걸기 시작하는 남자. 그렇게 대화하던 중 친구가 유우코의 행방에 대해 물어봤는데, 그는 자신도 지금 유우코가 어딨는지 모르며 며칠 전 역으로 배웅해준 뒤 헤어졌는데 유우코가 그날 자신에게 돈을 빌렸기 때문에 담보로 이 삐삐를 받았다고 말했다. 이 이야기를 들

은 친구 X는 의문의 남성과 만나고 싶다며 약속을 잡았고, 며칠 뒤 유우코의 부모님과 함께 약속 장소인 마트로 갔으나 남자는 나타나지 않았다.

그런데 5일이 지나고 다시 그 남자에게 전화가 와 유우코의 삐삐를 돌려줄 테니 가져가라고 말했다. 그리고 남자가 지정한 버스 정류장에 가보니 정말로 유우코의 회색 삐삐가 버려져 있었다. 그로부터 이틀 뒤, 남성에게서 삐삐를 잘 받았냐는 연락이 왔는데, 이때 미리 위치 추적을 준비하고 있던 경찰은 의문의 남성이 사는 곳을 알아내었고 결국 남자를 체포하는데 성공했다. 그는 48세의 백수였

다. 당시 수차례 모르는 여성을 폭행하고 강도짓을 하여 몇 년 동안 감옥에 있다가 막 출소한 전과범이었다. 그런데 충격적인 사실은 이전의 범행 수법이 자전거를 탄 여성을 몸으로 밀쳐 폭행한 뒤 금품을 강탈하는 방식이었다. 사건 당일 유우코도 자전거를 타고 있었기 때문에 그가 친구 집으로 향하던 유우코를 해코지했을 가능성이 높았다. 또한, 그에게서 유우코의 물건들과 사건이 발생한 시기에 자주 차에 기름을 넣은 영수증이 발견되는 등 수상한 물건이 많이 발견됐지만, 남자는 끝까지 유우코에게 아무 짓도 하지 않았다며 입한번 뻥긋하지 않았고, 자신이 범인임을 부인했다. 결국 그는 증거 불충분으로 석방되었

고, 현재까지도 유우코는 발견되지 않았다.

## TOP 1
# 아라시 마유미 실종사건

1994년 9월 2일, 당시 27살이던 아라시 마유미는 딸을 낳은 지 15개월 된 가정주부였다. 그런데 어느 날, 마유미는 친구를 만나겠다며 외출을 준비하는데, 평소 집 밖을 잘 나가지 않던 그녀가 갑자기 외출을 하니 그녀의 아버지는 의아해했다. 또한, 외출을 준비하던 마유미는 어딘가 불안에 떨고 있었다. 이후, 친구를 만나러 나간 마유미는 더 이상 세상에 모습을 드러내지 않고 있다. 그런데 마유미의 실종에는 이상한 점 세 가지가 있었다.

### 첫 번째, 집 안에 남겨진 마유미의 메모

마유미가 실종되던 날 밤, 남자 X한테서 집으로 전화가 수차례 걸려왔다. 그리고 다음 날, 마유미의 언니인 요코가 옷장을 열었는데 마유미가 남겨둔 메모를 발견됐고, 거기엔 이렇게 써 있었다.

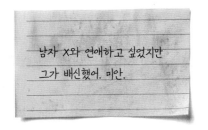

마유미가 불륜이라도 한 걸까? 언니 요코는 더 자세한 내용을 듣기 위해 남자 X와 직접 만나 이야기를 나누었다. 그때 남자 X는 이렇게 말했다고 한다.

"마유미가 실종되던 날 오전에 만났어요. 근데 그 이후로는 어디 갔는지 저도 모르죠. 만약 내가 마유미를 죽였다면 감옥에서 평생 속죄해야죠."

### 두 번째, 남자 X의 수상한 행동

실종 당일 마유미가 직접 만난 사람은 남자 X밖에 없었기 때문에 요코는 범인이 그라고 생각하여 사람 한 명을 고용해 그를 미행시켰다. 그러던 어느 날, 남자 X가 음료수 2병을 사 들고 산 위로 올라가는 장면을 목격하게 된다. 분명 그는 혼자였는데 말이다. 이때 심부름센터 직원은 갖가지 생각이 떠오르게 된다.

"사람이 한 명인데, 왜 두 개나 사 들고 산을 타는 거지? 혹시 산 어딘가에 마유미를 납치해놔서 음료수를 주려고? 아니면 이미 자신이 죽여 땅에 묻은 그녀에게 음료수를 뿌려주려고? 아 일단 그 여자한테 말해야겠다."

이 소식을 들은 요코는 경찰에 전화하여 남자 X가 했던 행동들을 신고했고, 경찰은 그 산을 수색해 봤지만 마유미의 흔적은 어떠한 것도 찾지 못했다.

### 세 번째, 마유미의 거짓말

사건 당일, 친구와 약속이 있다며 언니에

뮤니티 2Chan에서 난리가 났다. 왜냐하면 아버지가 인터뷰 하는 장면에서 뒤의 벽에 붙은 메모에 이런 말이 쓰여 있었기 때문이다.

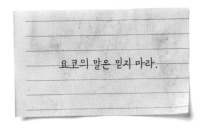

요코의 말은 믿지 마라.

이 반전 영화 뺨치는 말 한마디로 인해 사람들은 사건을 다시 되돌아보는데, 생각해보니 마유미가 친구를 만나고 오겠다고 한 것, 옷장 안에 마유미가 남겨둔 메모를 발견한 것, 남자 X를 직접 만나 대화를 했다고 한 것 등, 사건의 모든 흐름이 언니 요코 증언대로 흘러가고 있었다. 아버지는 자신의 첫째 딸인 요코를 믿지 않았고 방송을 보는 일본 전국의 시청자들에게도 요코를 믿지 말라고 말한 것이다. 요코에게서 무언가 수상한 점을 발견한 걸까? 하지만 이 방송이 엄청나게 유명해지자 요코는 종적을 감추어 일본에서 사라져버렸고, 결국 이 사건은 아무런 진실도 밝혀내지 못한 채 마유미는 영영 실종되고 말았다.

게 말한 뒤 외출한 마유미. 나중에 요코는 동생이 만난다고 한 친구에게 전화해봤는데, 친구에게 돌아온 답변은 가히 충격적이었다. 왜냐하면 그날 친구와 마유미는 약속이 없었던 것. 마유미는 없는 약속을 만들며 불안한 모습으로 어딘가 나가버렸던 것이다. 하지만 이렇게 수상한 점들을 뒤로한 채, 마유미는 실종되어 더 이상 세상에 나타나지 않았다.

그렇게 시간이 흘러 2011년 10월 13일, 한 TV 프로그램이 이 사건을 다루게 되었다. 이 방송에선 실종된 마유미의 가족들이 나오며 아직도 그녀를 찾고 있다는 식의 인터뷰가 나오는데, 이 방송이 방영된 다음 날, 일본의 커

# 산타 할아버지가
# 사라진 이유

## - 크람푸스

전 세계가 기다리는 12월 25일, 바로 크리스마스다. 분명 우리는 어렸을 적 착한 일을 하면 산타가 찾아온다고 배웠다. 크리스마스 트리에 양말을 살포시 걸어두면 산타 할아버지가 새벽에 몰래 들어와 선물을 주고 떠난다고 말이다. 행복할 것 같던 크리스마스. 하지만 크리스마스에 초대받지 않는 손님이 찾아왔다. 그 낯선 존재의 이름은 크람푸스.

크람푸스는 염소의 얼굴과 뿔, 발굽을 가지고 있으며, 커다란 바구니를 등에 메고 한 손엔 자작나무를 들고 있다. 또한, 지옥에서 감금당하다 구속을 풀고 나온 듯 몸에는 커다란 체인이 걸려있다. 그 존재는 분명 우리가 아는 산타 할아버지와는 거리가 멀었으며, 오히려 악마의 모습과 유사하다.

과연 크람푸스의 정체는 무엇일까? 과거 우리가 흔히 알고 있는 산타, 성 니콜라스는 11세기경 독일에서 유명해졌는데, 크람푸스는 그 이후 16세기 때부터 알려지기 시작했다. 재밌는 사실은 항상 크람푸스가 혼자서 나쁜 아이를 찾아가는 건 아니라는 것이다. 어떤 날은 성 니콜라스와 크람푸스가 같은 장소에 같이 나타난다. 이때, 성 니콜라스는 황금 지팡이를 들고 선물 꾸러미와 함께 아이들을 찾아오지만, 그 옆에서 크람푸스는 흉측한 모습으로 자작나무를 들고 찾아온다. 둘이서 같은 집에 들어와 아이를 보게 된다면, 성 니콜라스는 착한 아이에게만 관심을 보이며 크람푸스는 아이의 심성이 얼마나 사악한지에만 관심을 보인다. 만약 당신에게 크람푸스가 다가왔을 때, 이미 그의 바구니에 다른 아이가 들어있다면 그 아이는 크람푸스를 따라 지옥으로 끌려가게 된 것이다. 반면, 크람푸스가 당신을 보고 자작나무를 들어 올린다면 다행이라고 생각해야 한다. 당신이 지옥에 갈 일은 없다는 것이다. 하지만 만약 자작나무로 매질을 당하게 되면 그것이 한 대로 끝날지, 죽기 직전까지 맞을지는 아무도 모른다. 신성한 성 니콜라스와는 반대로 나쁜 사람들을 벌주기 위해 존재하는 크람푸스. 물론 세상엔 심성이 고운 사람들도 많지만, 최근 자주 발생하는 칼부림이나 성폭행 등 범죄 뉴스를 보면 상식적으로 이해가 가지 않는 사람도 많다. 이럴 때 필요한 건 착한 일을 했을 때 상을 주는 산타가 아닌 나쁜 일을 저질렀을 때 벌을 주는 크람푸스가 아닐까? 따라서 오래전 어르신들은 그저 밝고 희망을 주는 산타 대신 아이들에게 경각심을 심어주기 위한 크람푸스를 만들어냈다. 크람푸스는 악마 산타 혹은 크리스마스의 악마로 불리기도 하는데, 오스트리아에서는 현재까지도 크람푸스와 관련된 행사가 있을 정도이다. 매년 크리스마스 전날 성 니콜라스와 함께 크람푸스의 탈을 뒤집어쓴 사람들이 거리를 행진하는데, 지옥에서 방금 올라온 것처럼 한 손엔 불을 들고 다른 한 손엔 자작나무를 들고 있다. 그들은 구경하는 사람들에게 다가가 괴롭히기도 하고 아이를 납치하는 시늉을 하며 갑자기 승질을 내기도 한다. 물론 크람푸스는 굉장히 무서운 외관 때문에 어린아이들보다는 청소년, 성인들에게 인기가 많다. 지금 이 글을 읽고 있는 당신은 평소 착하게 산다고 장담할 수 있는가? 만약 당신이 올해 양심에 어긋나는 악행을 저질렀다면 크람푸스는 당신이 해왔던 모든 악행을 알고 있으며 지금 이 순간에도 어디선가 당신을 지켜보고 있을 것이다. 항상 명심하라. 모든 선행에 반드시 칭찬과 보상이 따라오진 않지만, 모든 악행은 반드시 대가를 치르게 돼 있다. 그러니 조심해라. 크람푸스가 당신을 찾고 있다.

미끄개 X 파일

# 세일리시 해

# 잘린 발 연쇄 발견 사건

어느 날 집 근처에 산책을 나갔다가 저 멀리에서 이상한 냄새를 풍기는 수상한 물체 하나를 발견한다. 조심스럽게 접근해 자세히 살펴본 그 물체는 무엇이었을까? 죽은 동물의 사체나 누군가 숨겨둔 돈다발? 혹은 토막 난 사체…? 놀랍게도 모든 예상을 뒤엎은 이것의 정체는 사람의 잘려진 발이었다.

이는 2007년부터 실제로 발생한 사건으로, 한 가족이 세일리시 해 해안으로 놀러왔다가 인도의 한 브랜드 신발을 발견하면서 시작된 사건이다. 아무 생각 없이 신발을 보러 온 아이는 신발 안에 있던 사람의 발을 발견하고 충격받게 된다. 여기까지는 신발 속 잘린 발이 일반적인 사건 혹은 사고의 결과라고 쉽게 생각할 수 있을지도 모른다. 하지만 문제는 그로부터 일주일 후 다시 시작되었다. 근처 섬에서 두 번째 잘린 발이 발견된 것이다. 이번엔 리복 운동화였는데, 남성의 오른발이었으며 발견 당시 이미 동물이 건드린

흔적이 보였고 썩어가고 있었다. 경찰이 조사를 위해 해당 디자인의 신발이 언제 어디서 팔렸는지 알아보자, 이미 예전에 단종되어 판매가 끝난 제품이었다. 이때까지만 해도 이

사건은 큰 주목을 받지 못했다. 사람들은 그 저 잘린 발과 함께 신발이 발견되는 게 우연이라고 생각했다. 그러나 시간이 얼마 지나지 않아 세 번째 잘린 발이 나타난다. 이번에 발견된 발은 남성의 오른발이었으며 나이키 운동화 안에 들어있었다. 세 번이나 비슷한 장소에서 버려진 시신의 발이 발견되니, 세일리시 해 근처에 살고 있던 사람들은 마을에 연쇄 살인마가 나타난 것 아니냐며 공포에 휩싸인다. 그로부터 3달 후, 커크랜드의 섬지기가 북쪽 해변을 순찰하다가 네 번째 잘린 발을 발견한다. 이번엔 뉴발란스 신발이었는데, 특이하게도 이전과 다르게 여성의 발로 추정되었다.

이후, 다섯 번째 발이 또다시 발견되었는데, 이 발의 주인은 세 번째에 발견되었던 남성과 동일 인물이었다. 같은 사람의 양발이 모두 발견된 것이다. 이렇게 해안에서는 신원을 알 수 없는 잘린 발이 연쇄적으로 발견되

었고 사건의 전말도 범인도 알 수 없어 수많은 추측만이 난무했다.

상황이 이렇게 돌아가다 보니 인근 주민들은 공포와 불안에 휩싸인 채 두려워할 수밖에 없었다. 대체 누가 어째서 이런 기괴하고 끔찍한 범죄를 저지른 것일까? 두고 볼 수만은 없었던 캐나다 연방 경찰은 사건의 진실을 파헤치기 위해 대대적인 인력을 투입하여 수사를 진행하기 시작했다. 하지만 9개월이 넘도록 잘린 발들끼리 서로 어떤 연관이 있는지 자그마한 단서조차 찾지 못하였다. 결국 피해자의 신원이라도 찾기 위해 수백 개가 넘는 실종자 명단과 대조해 봤으나 이 역시 실패하고 말았다. 잘린 발이 발견되었다면 분명 어딘가에는 발목이 절단된 사체도 존재할 텐데, 잘린 발 이외에는 그 어떠한 단서도 찾을 수 없던 것이다. 이후 경찰은 대중들에게 지금까지 발견된 신발의 상표, 발 사이즈, 판매 지역 등 여러 정보를 공개하며 제보받았지만, 모

두 장난전화나 신빙성이 떨어지는 말들뿐이었으며 쓸만한 정보는 찾을 수 없었다. 그렇게 사건은 점점 미궁 속으로 빠져들었다. 수사가 진행되는 와중에도 잘린 발은 멈추지 않고 나타났다. 곧이어 여섯 번째 잘린 발이 발견되었는데, 해초에 뒤덮여있던 검은색 운동화에서 남성의 발이 발견되었다. 이 신발은 캐나다에서 바다를 타고 남쪽으로 떠내려온 것으로 확인되었다. 일곱 번째 발은 리치몬드의 프레이저 강에서 한 여성이 반려견과 산책하던 중 발견했는데, 여성의 왼쪽 발이었으며 뉴발란스를 신고 있었다. 뭔가 머릿속을 스치는 게 있지 않은가? 이전에 네 번째 발견된 발도 여성이었으며 뉴발란스를 신었었다. 나중에 DNA를 검사한 결과 둘은 같은 여성의 발이었으며, 2004년에 캐나다의 뉴웨스트민스터라는 지역에서 투신자살한 여성으로 밝혀졌다. 대체 2004년에 투신자살한 여성의 사체 일부가 어떻게 4년이 지난 2008년 발목

만 잘린 채 발견될 수 있었을까? 이 이후로도 끊임없이 계속해서 잘린 발들이 발견되었는데, 그중에는 어린아이의 발목이 있어 충격을 주기도 했다. 또한, 성별을 알 수 없는 발목도 있었으며 어떤 날은 검은색 봉투 안에서 신원을 알 수 없는 사람의 다리뼈와 발목이 발견되기도 했다. 그리고 2019년 1월 1일, 미국 워싱턴주, 제티 섬에서 무려 스무 번째 잘린 발이 발견되었다. 이 발은 2016년부터 2년간 실종되었던 안토니오 닐이라고 밝혀졌다. 그러다 점점 사건이 유명해지고 사람들의 입에 오르내리기 시작하자 누군가 만들어놓은 가짜 발까지 발견되는 지경에 이르렀다. 누군가 일부러 동물 발목뼈에 양말을 씌우고 신발을 신겨 해안에 남겨놓거나, 생고기를 뭉쳐서 잘린 발처럼 꾸며놓은 것이다. 그렇다면 도대체 이 잘려진 발들은 무슨 이유로 유독 세일리시 해에서 발견되는 걸까?

이 의문의 사건에 대한 여러 가설이 등장했

다. 첫 번째로는 세일리시 해 인근에서 투신 자살한 사람들의 시신이라는 의견이다.

사람이 물에 빠져 익사하면 시간이 지나면서 부패가 진행되는데, 이때 사람의 머리나 손, 발이 부위별로 연결이 끊어지게 된다. 하지만 시체가 신발을 신고 있었다면 신발의 천과 고무에 의해 보호받아 다른 부위와 다르게 부패 속도가 느려지게 되고, 신발의 종류나 재질에 따라 부력의 영향을 받을 수 있어 물 위로 떠오를 수 있다. 심지어 지금까지 발견된 잘린 발들이 사람이 절단한 듯 반듯하게 잘려있던 것이 아니라, 시간이 지나 몸에서 떨어져 나간 것처럼 매끈하지 못하고 괴상하게 절단되어있었다. 따라서 학자들도 이 가설이 가장 신빙성이 높다고 판단하고 있다. 두 번째로는 아시아에서 발생한 쓰나미의 피해자 시신이 태평양을 횡단하여 세일리시 해까지 도달했다는 설이다. 예부터 일본에서 쓰나미가 발생하면 몇 년 뒤 미국 해안에

서 일본어가 적힌 물건이 발견되는 일도 있었다. 하지만 조금만 생각해보면 쓰나미는 아주 옛날부터 있었지만 잘린 발은 2007년이 되어서야 막 발견되기 시작했다. 만약 쓰나미가 이유였다면 1900년대부터도 잘린 발은 발견됐어야 했다.

세계적으로 유명한 미제 사건이 된 이 '세일리시해 잘린 발 연쇄 발견 사건'은 여전히 수많은 사람이 여러 가설을 내세우며 사건의 내막을 알아내려 하고 있지만 이 모든 가설은 추측일 뿐 아직 진실은 밝혀내지 못하고 있다. 어쩌면 지금도 사람의 발이 닿지 않은 어느 해안가에는 누군가에게 발견되기를 기다리고 있는 신원미상의 발목이 놓여있을지도 모른다.

# 오버 테크놀로지

**오버 테크놀로지(Over Technology)**
그 시대가 가지고 있는 기술력으로는 절대로
실현 불가능한 기술. 또는 그 기술력으로 만들
어낸 물건이나 개념

지금은 우리가 아무렇지 않게 사용하며 없어서는 안 되는 물건인 스마트폰. 이는 몇십 년 전만 하더라도 인간이 실생활에 적용할 수 있을지 상상조차 못 하던 것이다. 요즘 말이 많은 초전도체 같은 것도 옛날 19세기 사람들이 보기엔 오버 테크놀로지다. 왜냐하면 이렇게 빠른 시간 안에 인간의 기술력이 성장할 줄 몰랐기 때문이다. 시대상에 걸맞지 않은 오버 테크놀로지에 의해 만들어진 유물은 오파츠라고 부른다. 과거에 만들어진 오파츠는 발견될 때마다 세상에 큰 충격을 선사했다. 가끔은 우리가 상상한 과거보다 훨씬 옛사람들이 문명이나 기술력에서 월등할 수도 있었다는 상상을 펼치게 해주기 때문이다. 그렇다면 오버 테크놀로지 다섯 가지를 알아보도록 하자.

# 1

## 괴베클리 테페

오버 테크놀로지 중 역사상 가장 오래된 것은 괴베클리 테페일 것이다. 튀르키예어로 "배불뚝이 언덕"이라고 불리는 이곳은 석기 시대의 유적이다. 이 유적은 해발 760m에 위치한 언덕 정상에 묻혀 있었는데, 현지인이 우연히 찾아서 몰래 발굴하다가 발견되었다. 이후 미국 시카고 대학교와 튀르키예 이스탄불 대학교가 공동 조사를 하며 처음으로 세상에 알려졌다. 1994년부터 2014년까지 본격적으로 발굴조사를 진행했는데, 여기서 오버 테크놀로지가 발견되며 괴베클리 테페는 튀르키예의 18번째 유네스코 세계문화유산으로 등재되었다.

이 유적은 기원전 9675년 무렵에 제작된 것으로 밝혀졌다. 그렇다면 지금으로부터 약 1만 1700년 전에 건설되었다는 이야기인데, 이때는 원시인들이 함께 모여 수렵채집을 하며 농업도 할 줄 모른다고 믿었던 신석기 시대였다. 간신히 먹을 것을 수렵채집하던 원시인이 어떻게 이런 기념비적인 건축물을 지을 수 있었는지는 미스터리이다.

그렇다면 괴베클리 테페가 어떤 모습인지 알아보자. 이 유적은 원 모양으로 크게 돌기둥이 세워져 있으며, 그 안에 여러 돌기둥이 미로처럼 세워져 있는데, 돌기둥 벽에는 여러 곤충과 동물 형상이 그려져 있다. T자 모양 돌기둥도 많았는데, 이는 사람의 모습을 형상화한 것으로 추측하고 있다. 그리고 괴베클리 테페에서 야생동물의 뼈가 대량으로 발견되었으나 주변에서 농사를 짓거나 사람이 거주했던 흔적은 발견되지 않은 것으로 보아, 괴베클리 테페는 그 당시 사람들이 종교적 행사 등 신성한 의식을 치르기 위해 잠시 들르기만 했던 장소로 추측된다. 또한, 우리가 알고 있던 상식으로는 인류가 이러한 거대유적을 만들려면 체계적으로 단합해서 건축이 가능한 대규모 노동력이 필요하고, 또 이게 가능하려면 농경 생활에 따른 사회조직이 필요했다. 그런데 기존에 널리 알려진 정설은 수렵채집 → 농경 생활(집단 사회 형성) → 국가/종교의 출현이었는데, 이때 농경 생활을 위해 집단사회가 형성된다고 믿고 있었다. 하지만 괴베클리 테페는 농경 생활이 시작되기 전에도 원시인들이 집단사회를 형성하여 대규모 토목 사업을 벌였다는 사실을 증명했다. 이는 학자들에게 신선한 충격을 가져다준 오버 테크놀로지이다.

## 2
### 피리 제독의 지도

인류가 언제 남극을 발견했는지 알고 있는가? 엄청나게 오래됐을 거라 생각하지만 의외로 얼마 안 됐다. 남극은 1912년 호주의 모슨 탐사대에 의해 최초로 발견되었다. 그런데 1500년대에 이미 남극을 발견한 사람이 있다면 어떤가? 오스만 제국의 해군 장교였던 피리 제독은 1513년에 지도 하나를 제작하게 된다. 이는 한동안 사라졌다가 1929년에 튀르키예 이스탄불에서 발견되었는데 이상한 점이 하나 있었다. 그것은 바로 지도에 남극이 그려져 있는 것이었다. 아직 인류가 남극까지 진출하지 못했던 시절, 이미 남극을 지도에 기록해둔 피리 제독. 하지만 한 가지 걸리는 점은 남극이 얼음 대륙으로 그려진 것이 아니라, 얼지 않은 대륙에 강까지 흐르는 모습으로 그려져 있었다. 따라서 어떤 이들은 피리 제독이 상상으로 남극을 그린 것이 아니냐고 추측한다. 그렇다 하더라도 1500년대 당시에 피리 제독이 실제로 남극을 봤는지는 아무도 알 수 없으며 이 지도는 오버 테크놀로지로 여겨지곤 한다.

## 3
## 고대 로마의 수도교

수도교는 수원지에서 물이 필요한 대도시로 물을 가져올 때 사용하는 수로의 일부이다. 주로 로마 시대에 유럽 각지에 지어진 수도교

가 유명한데, 로마 이외에도 인도나 이란, 요르단에 수도교가 지어졌다. 하지만 1세기 로마는 훨씬 과거였음에도 기술적으로 더 훌륭한 수준을 보여준다. 로마인들은 물이 먼 거리를 이동할 수 있도록 호수와 샘으로부터 아래로 경사진 수로를 설계했다. 또한, 물이 적절한 속도로 이동할 수 있도록 수년간 측량하고 계획하는 등 여러 단계를 거쳤다. 너무 빠르거나 느리면 결국 물을 마실 수 없게 된다. 따라서 로마는 땅의 지형을 측정하기 위해 신기한 도구를 사용했는데, 이는 물이 정확하고 일정한 속도로 흐르도록 만들어 주었다. 또한, 로마인은 석재, 벽돌 등 물건을 고정시키는 화산 시멘트 혼합물을 사용하여 수도교를 건축했다. 이는 포졸라나라고 부르는데, 이것 덕분에 로마 수도교가 무너지지 않고 오랜 시간 유지될 수 있었으며, 지금까지도 유럽에 수많은 수도교가 무너지지 않고 존재하는 이유가 되었다.

## 4
## 스마트폰

전 세계인의 일상생활을 10년 만에 바꿔버린 스마트폰. 이제는 우리 삶에 없어서는 안 되는 물건이다.

　스마트폰은 휴대용 전화기에 다양한 컴퓨터 기능을 추가할 수 있다. 또한, 여러 앱을 자유롭게 설치할 수 있어 사람들마다 자신의 목

**5**

## 네브라 스카이 디스크

그리스로마신화를 보면 태양의 신 헬리오스가 나온다. 이처럼 옛사람들은 실제로 태양의 신이 존재했다고 믿었다. 천문학을 과학적으로 접근하지 못했던 것이다. 이는 당연했다. 그 시절엔 인류의 지식수준이 지금보다 훨씬 낮았기 때문이다. 그럼, 인류는 언제부터 우주의 별이나 태양, 달을 과학적으로 표기했을까? 1999년, 독일의 한 숲속에서 지름 30cm 남짓한 청동판이 발견된다. 놀랍게도 이것은 기원전 1600년 무렵 우주를 현실적으로 관측하여 표현한 휴대용 천문반이었다. 여기엔 태양과 달, 별자리 등이 금으로 표기되어있었다. 이 천문반의 이름은 네브라 스카이 디스크로 이것이 대단한 이유가 있다. 인류가 천문 현상을 문자로 표기하기 시작한 건 이것이 제작되고 1000년 뒤부터였으며, 이 당시 중부유럽은 선사시대여서 문자로 된 기록조차 없는 아득히 먼 옛날이었다.

적에 맞게 사용할 수 있다. 요즘은 스마트폰에 카드를 등록해서 결제를 하는 등 과거의 삶과 비교했을 때 엄청나게 편리한 시대를 살고 있다. 물론 20세기에도 인류가 미래를 상상했을 때, 빠른 속도로 기술이 발전하며 컴퓨터가 인간의 삶 모든 부분에 적용된 세계가 다가올 것이라는 추측을 하긴 했다. 하지만 지금 우리가 누리고 있는 기능들은 상상했던 것 이상으로 대단한 기술력이기에 오버 테크놀로지라 할 수 있다.

전 세계 어느 나라를 뒤져봐도 이 시기에 이 정도 수준의 천문 현상을 분석하고 기록한 물건을 찾아볼 수 없다. 그저 우주를 사랑하던 유럽인이 매일 같이 하늘을 관측하다가 기록으로 남기고 싶었던 걸까? 아니면 시간의 흐름을 제대로 파악하기 위해 휴대용 천문반을 만든 걸까? 이는 오버 테크놀로지인 동시에 유럽에서 엄청난 발견으로 여겨지고 있다.